为醋举杯
当我们不再是
小清新

鸡狗乖图书馆
作品

北京联合出版公司
Beijing United Publishing Co.,Ltd.

图书在版编目（CIP）数据

为醋举杯，当我们不再是小清新 / 鸡狗乖图书馆著. -- 北京 ：北京联合出版公司，2017.8

ISBN 978-7-5596-0204-6

Ⅰ．①为… Ⅱ．①鸡… Ⅲ．①散文集－中国－当代 Ⅳ．①I267

中国版本图书馆CIP数据核字(2017)第079495号

著作权合同登记 图字：01-2017-4594号

为醋举杯，当我们不再是小清新

作　　者：鸡狗乖图书馆
出版统筹：新华先锋
责任编辑：夏应鹏
特约监制：黎　靖
策划编辑：山　杉　刘　柳
封面设计：杨祎妹
版式设计：徐　倩
营销统筹：章艳芬

北京联合出版公司出版
（北京市西城区德外大街83号楼9层 100088）
三河市嘉科万达彩色印刷有限公司印刷　新华书店经销
字数100千字　620毫米×889毫米　1/16　15印张
2017年8月第1版　2017年8月第1次印刷
ISBN 978-7-5596-0204-6
定价：39.80元

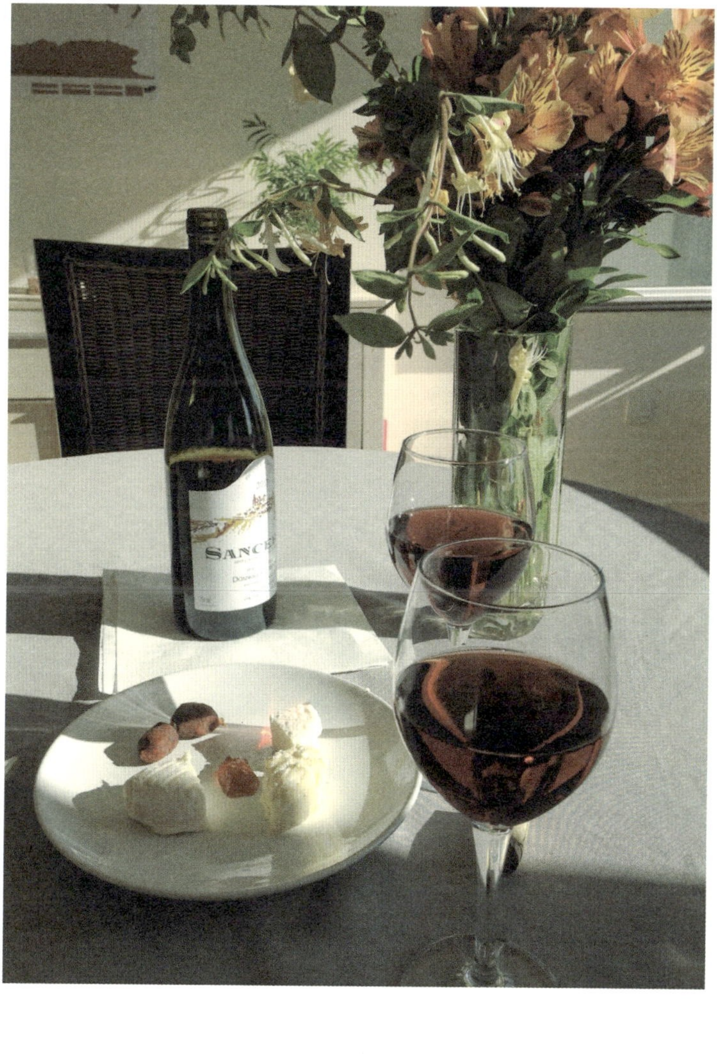

人生终要有一场触及灵魂的旅行。

旅行开始 ➡

Our Travel Starts

Life is too short for expensive wine.

都是起于一本书

　　某次回家办事，放任鸡自己一人在书店乱逛，等我把他领回时，他居然给我带回一本好玩儿的书，名叫"从农场到餐桌：法文吃喝小字典"。虽然犬原先对法国并未有任何特殊的遐想，但因为那本书妙趣横生，除却载明了有关食物的法文词汇之外，更生动地描述了法国的饮食文化。从到了法式 Bistro（小酒馆）该如何点餐、法国人的用餐习惯与流程、在烘培店里如何挑到一个最完美的"法棍"，乃至奶酪的种类与味道，甚至还详列了各种各样的甜点、小蛋糕。比如犬妈最喜欢的拿破仑派，还有蚂蚁人耳熟能详的可丽露和马卡龙，当然还有鸡、犬两个酒鬼的最爱——葡萄酒。

　　因为这本书，完全激起了两人对法国的向往以及垂涎之情。还记得那是一个慵懒的午后，当时犬正躺在柬埔寨的吊床上，一边翻看这本书，一边感到口干舌燥、饥渴交攻，乃至最后激动不已地把那本书一掌合上，意外地发出"砰"的一声巨响，同时将正在一旁偷偷打瞌睡的鸡给吓得从椅子上翻了下来，犬狂"吠"："我要去法国！"

顺带一提，那本书别有意思的地方在于，由于它本是工具书，是法语不通者的紧急生存手册，所以在每种情境设定下，作者都详细地罗列了数句最实用的英法对照的句子，方便读者直接看着学。因此，料想书上的例句应该都是在法国日常生活中出现频率最高的惯用语，从中能侧面一窥他们的性情与特征。

举例而言，比如以这句法文"Je me sens（我觉得）"开头的发言非常重要，你就算什么都不懂，但至少要会说"我觉得如何如何"才能向外界表达自己。所以设想，一位吃货必备的句子应是"我觉得有点儿饿"，或者一位冒冒失失的焦虑狂则一定得学的是"我觉得快要来不及啦"！而至于那些搭大巴来旅游的老先生、老太太，他们对珍馐和时间观念都已经不挂于心了，然而唯一在意的只有"我觉得……想上卫生间"！

然而在法国词典里，不！书上所列的例句与肚子饿、着急和出恭全然无关，"Je me sens"的例句共有三条：

　　A. "我觉得这两杯啤酒下肚之后，整个人总算神清气爽了！"

　　B. "我觉得是有点儿头昏，但俺还没醉！"

　　C. "我觉得实在太开心了，再来一轮 shot！！！"

　　于是犬也就如此这般，读着读着，耳濡目染地充分理解到，法国人原来是不可小觑的酗酒民族啊！（鸡表示青睐。）

　　这是最初的动念，不过另外一个原因则是眼看五月已到，此月份的重要性并不亚于七月鬼门开大设祭典，因为那也就意味着犬的生日要到了（虽说的确是近乎妖魔鬼怪下凡），总之鸡、犬就这么决定了，去法国过生日！

目　　录

0° 直 径 = 脚下 到 法 兰 西

90° 西 南

为 醋 举 杯 ， 当 我 们 不 再 是 小 清 新

180° 中

2

目　　　录

为 醋 举 杯 · 当 我 们 不 再 是 小 清 新

360° 东 北

目　　录

直径
=
脚下到法兰西

CHEERS TO VINEGAR

01 着陆

担任订票小助手的鸡，好不容易抢到了两张特别便宜的机票，然而这省下来的成本当然是"一分钱一分货"地反映在航程的万般不便上。去程必须要在广州中转，回程则更是奔波，要停广州和大连两地。

不过疯狂转机也丝毫不会减损小气鸡、犬对便宜机票的钟爱，我们两人就这样拎着家当、细软，辗转、徘徊了半天。首先在午夜的广州机场晃了五个小时，终于登机后，又恰巧坐在一位烂醉的大爷后排，他虽然顶上无毛但是深具影帝风范，头上、脚下跌跌撞撞的，一入座就先在座椅上又踢又跳地演了一出"贵妃醉酒 remix 大闹天宫"，犬提心吊胆地关注着大爷的动静，生怕他的椅背万一被一脚踹倒，就正好压扁背后的自己。

结果大爷戏唱到一半，又莫名其妙地悲从中来，不顾飞机已在滑行，声泪俱下地掏出手机打给远方的老母，呜呜咽咽地说着："妈妈，请你也要保重。"他直逼机上广播的音量很快就把空服员和周遭同舱的小伙伴们全都惊呆了，争相奔来要他赶紧关机，我们都想要安全起飞啊！说时迟那时快，光头"影帝"又使出两秒钟往生的绝技，瞬间鼾声大作。

活宝静下来之后大家惊魂略定，鸡、犬面面相觑地想着，这到底会是一趟什么样子的旅行啊？不过随着飞机上灯光渐暗，夜也越来越深，我们逐渐陷入睡睡醒醒的恍惚境界。感觉才是一眨眼，十一个小时后，我们总算是着陆在法兰西大陆的土地上。

02 车窗外

这是一个焕然一新的早晨，巴黎的阳光温和而明朗，带着如同最轻盈清澈的玻璃般的质地，昨晚机上的闹剧很快就已经远离得像是一场即将忘记的梦境。

鸡、犬在戴高乐机场取了租的车。由于法国巷道是出了名的狭窄，所以我们这回租了台迷你的Smart，车容量只能刚好供我们两人乘坐，并且刚好可以塞入两件行李。取了车之后，担任司机的鸡（之后读者们会慢慢发现鸡的角色非常多功能）排挡一打、油门儿一踩就直奔上路。不打算在巴黎停留，一路向南驶向波尔多。听见波尔多这个地名，大家都不难猜中醉鸡和醉犬心中究竟是打着什么算盘了吧，对的！我们这次法国之旅就是要来个不醉不归！（明明到哪儿都是不醉不归。）

巴黎到波尔多之间的直线距离接近六百公里，由于"铁公鸡重症"再度发作，为了节省过路费，我们用时间换取金钱，避开高速公路，改走普通公路。

这是与法国乡间道路的初次接触，那些市道、省道领着我们穿过了许多大、中、小城镇和古朴的小村庄以及更多辽阔的一望无际的田地、

/ 车窗外的风景 /

柔和起伏的山丘、茂密的森林。法国乡间的景色极为迷人，让人充分感受到这片平缓的大地是如此妖娆。各种作物丛生而繁盛，大畦大畦的马铃薯、玉米，还有许多我无法辨认的庄稼。

最壮观的是辽阔广袤的麦田，这个时节的麦子在北方依旧是一片正在长的绿叶（几天后我们去了南方，这儿的麦子还是青绿的野草长相，到了那儿逐渐转为成熟饱满的金黄色的沉甸甸的麦穗），那些未来会变成粗麦秆的麦茎和麦叶，现在依旧十分柔嫩，它们好像彼此商量好了似的，全都长得差不多齐头高，所以无数小小的叶尖就肩并肩地顶出了一个宽大、致密又软绵绵的平面。

热烈的阳光下，那些青绿色的浓密麦田，就像是一床铺在地上、刚刚被太阳烤过的又松又软的绿色大棉被，棉被里的空气全都被烘得干燥、温暖又鼓胀，撑得这块有着小麦质地的大被子，看起来要多蓬松就有多蓬松，要多柔软就有多柔软，感觉舒服极了。

乡间道路上没有太多人，来来往往多是为了节省过路费的大卡车。我们看到了奇怪的景象，在那些像是荒郊野外的道路边上，居然总站着几位女子，好整以暇地好像在等公交车一样守候着。这些女人多数是黑人或拉丁人等有色人种，浓妆艳抹、衣衫鲜明，看起来就像是在大白天出没的狐狸精一样与周遭环境格格不入，极为抢眼。我相信即使是半夜行车的驾驶者，也不可能走神儿撞上她们。

此时鸡忽然忆起一篇有关法国应召女的报道，她们专门在路边招徕卡车司机。这下再看，果然那些女子有些已经上了年纪，有些则看起来整体像一架米其林轮胎的巨型蚕宝宝，总之，她们的外表实在算不上有吸引力，我们猜想这些女人就是那群远走乡野、专营长途卡车司机的阻街女郎。

这令犬想起在韩国一些比较老旧的旅馆过夜时，有几回曾在边上暗巷中见到标榜"咖啡外送"的店铺，由于外观昏暗又陈旧，我不禁好奇询问鸡这是怎么回事，我们能上那里喝咖啡吗？鸡觉得好笑地回答说那是应召站啦！如果你打电话去那种店点杯咖啡，会由一位徐娘半老的"阿珠妈"（"大婶"的韩语音译），把一杯加了生鸡蛋的咖啡（补充精力的饮料）送到你在的旅馆房间里，然后进行性交易，此款咖啡店可跟一般家庭主妇去的那种边喝咖啡边聊是非的咖啡厅一点儿都不相关啊！

一只鸡的生活意见

Paris to Loire Valley

巴黎到卢瓦尔谷地

Not so Smart on the Highway
放聪明点儿，别上高速

On this trip to France, Chicken drove 2845 kilometers over two weeks, from Charles de Gaulle Airport directly to Bordeaux (with just a short stop in Loire Valley) to Soulac–sur–Mer to Saint Emilion to Rocamadour to Sete to Nimes to Avignon to Vienne to Beaune to Gevery–Chambertin to Dijon to Epernay to Reims and then back to the airport. Dog wanted to drive, but we couldn't find an appropriate place for her to learn how to drive manual.

We rented a black Smart fortwo with only 1500 kilometers on it. The lady at the counter looked at me as if I was crazy when I said I was taking the car south, in response to her question whether I will just be using it in Paris. She kept repeating that it was a very small car, " tres petit, tres petit". I started to see why there was a special on this car (it was only Euro 339 for the whole two weeks with full collision damage waiver).

I hadn't driven a manual in about 10 years, but it came back quickly and I realized how much fun my left feet had in the past synchronizing with the sound of the engine and a flick of the wrist. The fortwo had no tachometer so I couldn't tell how high I was revving, but it's a rental and rentals are meant to be revved hard. Acceleration was slow, but responsive enough. The car felt surprisingly spacious (if I didn't look back, I would have thought it was a much bigger car — this may be because of the car's somewhat high profile, compared to some of the driving cars that I had in the past).

Taking the no toll, local roads, the fortwo performed admirably. This was because the roads were mostly flat and the speed limit only 90 or 110. Passing through the many rotaries was fun as the car was happy to shift down and take the turns quickly.

However, I began to comprehend the limits of this car when we took a few highways when we needed to get somewhere faster. From Bordeaux to Rocamadour or Dijon to Reims, the terrain was more hilly with several stretches of long climbs. At the beginning of these climbs, I would be going about 140 on fifth gear and regardless that I was flooring the gas, the speed would start dropping to 130, 120. Downshift to fourth and still dropping to

110. Only on third would I be able to get back up to about 120. Luckily, the many trucks on Frances' roads generally only travel 110. Maintaining that 120 to the top of the climb and then I would be able to accelerate again.

Inside city limits like those in Avignon or Nimes with their narrow alleyways, the car was fantastic. It easily fit through anything, could park anywhere (the box foot print also made parallel parking amazingly easy) , and I could do u-turns tighter than if I were on my bicycle. And it did feel as if I was riding a bike rather than driving a car.

The drive also showed me how traditional, or developed, or meticulous or cultured, the French are. Driving was a pure joy in the predictability of the traffic and how people drive. The left lane is always empty unless someone was overtaking and the cars in the middle land drove faster than those on the right.

The French seem to have long ago determined what is the right way and people follow that. This trip wasn't meant to be a wine trip, but it ended up being one and the way the French drive seem to have analogies to the way they cultivate wine.

The first wine we had was a Sancerre white from Loire Valley, meaning it was made from sauvignon blanc grapes. As we drove on, left bank Bordeaux reds were mainly cabernet sauvignon, right bank red Bordeaux mainly merlot, shiraz and granche as we drove through Sete and Avignon, great pinot noirs and chardonnays in Burgundy, and few traditional grapes for the bubblies in Epernay and Reims.

So, throughout the centuries, the French had determined which area is suited for which grapes and their appellation bodies were meticulous in having people follow tried and true methods and recipes. In the New World, just as the driving is erratic with people driving slowly in the left lane, passing on the right or undertaking Sunday glides, the wines are sometimes erratic.

I appreciate the predictability and efficiency of the drive in France as well as knowing that if I choose a wine from Margaux it will taste a certain way and one from Gevery–Chambertin another way, with slight differences relating to that particular plot of land or the wine maker. But sometimes, I also like the surprise and creativity shown by New World winemakers as swerving in and out of traffic might get you to your destination faster.

I just hope the future of wine is not like the future of driving, where robots and their artificial intelligence will control vehicles for the safety of humans and to eliminate accidents. That would create a

wine that is boring and lifeless. I think French wines benefited from
trial and error in the past, but the accidents occurring in other places
will create impetus for development.

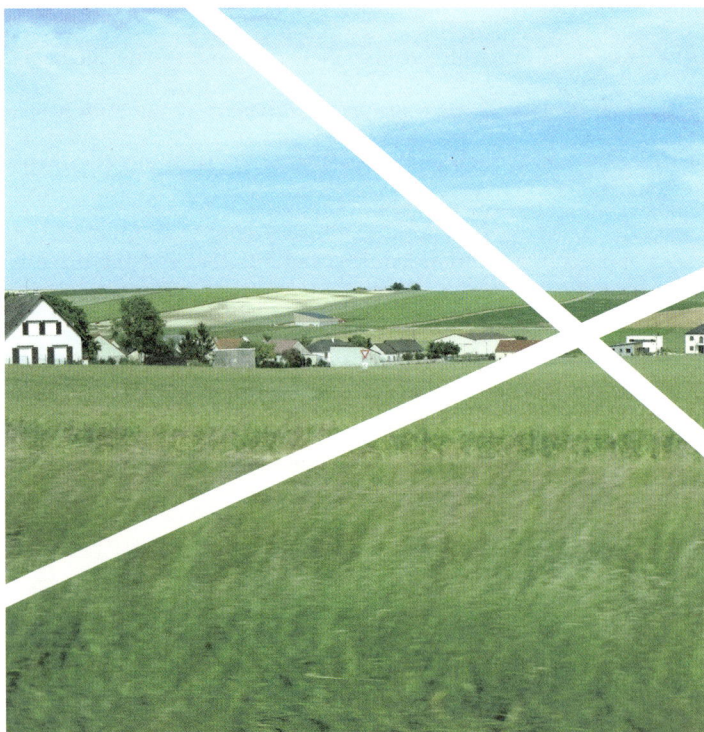

在此次法国旅行的两周里，鸡驾了超过 2845 公里的车，从巴黎的戴高乐机场直接去波尔多（只在卢瓦尔谷地短暂停留），之后经过了滨海苏拉克、圣爱美浓、罗卡马杜尔、塞特、尼姆、阿维尼翁、维埃纳、博讷、热夫雷 - 尚贝坦、第戎、埃佩尔奈、兰斯，最后回到巴黎机场。犬虽然也跃跃欲试想要帮忙开车，但我们找不到适当的场地教她如何开手排车。

我们租了一台小黑 Smart fortwo，它刚到手时的里程数仅仅有1500 公里。租车柜台的大姐随口询问鸡、犬是否打算在巴黎市区绕绕，然而当我表明两人的计划是驾着小黑一路向南的时候，她流露出一种在路上撞见疯子的眼神看着我，并且用法语连声惊呼："太小了！太小了！"那只是一台非常迷你的小车车啊！现在我能理解为何这台车万年特价了，整整两周的租金加上两周的意外全险，只花了我们 339欧元。（犬：但是我还是无法理解为何这台小破车居然售价十五万人民币！）

我大概已经有十年未曾驾驶手排车，但是很快就找回了顺畅的手感，而且这才体会到过去的驾车体验真是充满了肢体运动的乐趣——左脚在引擎的轰然巨响中踩、放离合器踏板，手腕趁势同步搭配一抖，瞬间变换挡位。然而这台两人小车的仪表板上没有转速表，驾驶者无法准确得知当下的提速，不过，反正车是租来的，不必顾忌损耗，我就依本能聆听引擎的振动，尽情畅快地猛换挡、踩油门儿。小黑虽然大体而言加速缓慢，但是反应已足够敏捷，车子内部令人感到出乎意料的宽敞（如果我不回头看的话，我真会以为自己在开一台更大的车，可能是因为这台车与我过去的几台旧车相比，顶上的空间颇高）。

不走高速公路时，小黑在乡间道路的驾车表现实在令人倾心。这是因为那些路通常平缓而且限速 90 公里或 110 公里，特别是当我们驶过那些小圆环时更是充满趣味，车子会很开心地让我打到低挡，然后像是滑一样溜转而过。

然而熟识小黑后，我也开始领悟到它的不足之处。当我们必须赶路到远方，将它驶上高速路的时候则会显现。从波尔多到罗卡马杜尔，或从第戎到兰斯，这些路段需要穿过许多起伏的丘陵，所以有不少路段是长而直的爬坡。在爬坡的起点，小黑的速度大概还能维持在第五挡 140 公里左右，然而无视我脚的油门儿已踩到底，时速表上的指针就开始像泄气的气球一样开始往下掉，130，120……就算是打到四挡也还是一蹶不振地跌到 110 公里，只有打到三挡才能够重拾一点儿雄风，再次回到 120 公里的时速。不过还好，大部分的法国卡车在路上都很规范，会维持平均时速 110 公里，所以如果我又飙回 120 公里的话，还是能勉强超车。

开在城市里的窄巷里，像在阿维尼翁和尼姆，小黑真是个"啵棒"（犬翻译的这个词真老派）。它能不费吹灰之力地钻进各个缝隙、泊在任何角落（而且这车的车型就像一个大方盒，把车倒正简直不可思议地轻易），最神奇的是它回转时就像是在原地打转掉头一样，回转半径之小，简直可以媲美一辆自行车。对，驾驭小黑与其说是开车，还不如说像是在骑我的自行车。

在路上开车的同时，我也发现了法国社会是多么有规矩、先进、细致并且有风度。驾车是纯然轻松、愉快的乐事，因为我可以轻易预料他人行车的路线，还有其他驾驶者将会如何开车。比如最基本的，左线总是留空以做超车道，最右线则是慢车道。

法国人似乎老早就想好了最佳的方法，然后人们按部就班地遵循。虽然葡萄酒之旅并非鸡、犬这趟旅行的原意，然而最后却意外地演变成那样。我从法国人驾车的作风似乎也可以推及他们培养葡萄酒之道。

我们喝的第一杯葡萄酒是来自卢瓦尔谷地的桑塞尔白葡萄酒，这意味着它是由苏维翁白葡萄酿造的。而随着小黑继续向前，在波尔多左岸的红酒多是卡本内苏维翁，而波尔多市右岸则多是梅洛。希拉和格纳希是在塞特和阿维尼翁时遇见的。而当我们来到勃艮第，总算尝到了伟大的黑皮诺和霞多丽。另外在尼姆与埃佩尔奈的气泡酒，则是另外一些当地传统的葡萄种类。

总之，穿越漫长的好几个世纪，法国人已经拍板制定了细则，哪个区域适合哪种葡萄，而他们产区限定的严格规矩，则详尽地要求后人遵从屡试不爽、颠扑不破的方式与配方。相比而言，新世界的作风则像是与开车不稳定的驾驶人在并肩行车，有时候慢车开到左线，或从右边超车，再者就是些疯狂的"周日驾驶者"……类推到葡萄酒的制造上的话，来自新世界的酒，品质时常不太恒定。

（犬注："Sunday glide"这个词指的是缺乏经验的驾驶，鸡解释:"比如像唯有在周日上教堂时才开车的老太太,她们总是异常龟速、犹疑地开上高速公路,无视道路惯例,一入交流道就眼睛眨也不眨地横切三个车道、直接杀进最内线,然后保持八风吹不动的低速,全程挡在超车道上。")

我很欣赏法国驾驶人的合理与效率,这道理就如同选一只马尔戈产区的酒,我能预料它尝起来的味道,而来自热夫雷-尚贝坦的,则又会是另外一个味道,其中再因不同地块和酿酒师而细分差异。不过有时候,我也喜欢新世界葡萄酒带给我的惊奇与创造性,好比偶尔破例在车阵中蛇行猛换车道、乱开一通,可能还真的会快一点儿。

我只希望未来的酒不会像未来的交通工具一样,改由机器人和人工智能控制,虽然可以减少事故,保证乘客的生命安全,但那样将产出无聊又没生命力的"酒"来。我认为法国葡萄酒之好,得益于他们老祖宗在过去的实验和试错。至于在其他地方出现的"创举",则会成为另一种继续前进发展的动力。

90°

西南

CHEERS TO VINEGAR

01　日落波尔多

　　我们初到异地，挤着一台小黑，东看看、西指指地走走停停，磨磨蹭蹭了八个小时后，终于到达了波尔多这个漂亮的老城。

　　对多数人而言，之所以耳闻波尔多这个地方，是因为波尔多的葡萄酒。而直到鸡、犬亲身来到这里才知道，这个城市本身就是一本内容丰富的老书。

　　在波尔多的几晚，鸡、犬以很好的价格租下了某位当地人的住处。鸡过去不管去哪里，都只看得上最奢华的度假村、五星酒店，然而，鸡、犬两人决定要放下手边的事开始旅行，直到把积蓄全部花光，现在旅行的方式则节约了许多。也因为这样，我们发现了一个网站A，在上面能够搜寻到有特色又不贵的房源。网站A有点儿像是一个全球性的大社群，社群内的每个人都能上线把自己的房间或公寓登记上网，这样如果自己刚好经常出差不在家或出去旅游了，那反正房子空着也是空着，就不妨将空间开放短期出租以赚取收益。而社群的其他人也能通过网站，搜寻到你的房源，申请入住，作为除了住酒店以外的替代性方案。

　　鸡、犬现在非常热衷这种旅行方式，不完全只出于价格考量，也更是一种独特且亲近的当地体验。有时屋主很热心，会乐于给我们提

/ 温尔夏的日落 /

供一些周围的生活指南或出行建议，像是哪家餐馆菜做得还不错、哪里特别值得去看看，我们仿佛有了一位当地向导一样。但也有些屋主从头到尾都不曾出现，只留下信息，让我们往哪个方向走几步后，会碰到一条水管，然后掀开旁边的地垫，往底下的秘洞中探探，会发现一个藏着的小保险盒，最后再用房东提供的密码打开、取出钥匙之类的指示，整个过程像是个寻宝游戏。

通过这种方式，我们也的确有几次特别的经历，鸡、犬在纽约时，曾以不可思议的低廉价格向一位意大利小伙子租下他的公寓一整个月，虽然公寓本身内装极为简单，但地段完美，正位于上东区的大都会美术馆、中央公园边上。小伙子看起来对这间公寓本身并不关心，因为依照它原本简陋的程度，除非鸡、犬两人真的把这间房子给整栋炸毁，不然其实也没其他能供人损坏的部分了。

最好笑的是，由于在纽约市短租是违法的，所以小伙子只交代一件事，"如果有邻居问起你们（指鸡、犬）是谁？怎么会住在我的房子里面？那你们就回答，你们是我的朋友……不，说亲戚好了，对！你们就说是我的表弟、表妹！"我们识相地点点头，但是心中同时浮起疑窦，他怎么看都是一个意大利人，而我们两个人怎么看都是亚洲人，这亲戚关系到底怎么来的，也未免太令人费解了。但我想意大利人是出了名的浪漫、博爱，可能时常有世界各地冒出来的表亲相认投宿，所以既然他这么计划好了，那我们也就啼笑皆非、无异议地接受了。

另外，还有我们在加拿大多伦多下榻的经验，从头到尾都没见到任何人影儿，只接到如何找到钥匙开门的提示邮件。公寓本身极富魅力与特色，裸露的红砖墙和修缮平整的漂亮老原木地板，搭配复古加后工业风的家具、旧旧的黄铜台灯、手工的织品，室内的陈设舒适中流露着艺术气息。屋主留了一张字条在餐桌上，告诉我们她一半的时间住在多伦多、一半时间则住在柏林，所以她不在时房子就租出去。还特别提到，抽屉里（画了一个箭头，指向某个柜子）有她自家烘焙的有机燕麦片，如果我们不嫌弃，早餐请试试她的手艺。对了，她喜欢有机、无毒的生活，所以就连床单也都是有机棉纺织的，我们可以安心入睡。

后来我甚至发现，挂在角落的摄影海报上面居然有位艺术大师的亲笔签名，像这么珍贵的限量收藏品，如果是我，我一定会收起来，怕被别人弄坏了，但是她也就这样大大方方地展示着。

每间公寓都展示着各个屋主的不同性格，在观察房子里的"蛛丝马迹"时，有时也可以拼拼凑凑体会当地人的生活方式，真是相当有趣。至于我们在波尔多的屋主呢，则是一对年轻漂亮的法国小情侣，看起来两个人刚刚从学校毕业，也没什么钱，所以把房子上线出租，如果真有人有意承租，他们就把家里要紧的东西拣一拣，搬回爸妈家住个几天。我们到达的时候他们在房子里迎接我们，简单聊了几句，就背着两个包包，顺便把养着的小狗也带上，然后就离开了，将全部空间都留给鸡、犬。

这是一户充满阳光和空间的顶楼公寓，除了厨卫等日常生活的机能齐备外，还连接了一个屋顶小阳台，从那里眺望出去，是层叠绵延的砖瓦屋顶，虽然不能够把市容都一览无余，但是那底下镶缀着典雅瓦片和尖顶的天际线，依旧是一幅让人单单坐着远望，就可以把时间和杂念都全然忘却的美丽风景。

夏季的欧洲又是每天日不落，早晨五点，天已经大亮，而下午六点的太阳依旧亮晃晃的。七点之后总算有了点儿夕阳西斜的意味，但是那太阳的运动轨迹就这样缓慢得像是定格在低矮的角度，你仿佛感觉不到它有任何的移动。而在夜晚来临前的这段时间里，天空里色彩就一直不停地转换，在视野边缘的深蓝色暗角，蚕食鲸吞地，像是毛细现象一样往下爬，剩下的光亮处，不时地染入粉红、铭黄、亮橘，然后这些颜色又一次褪去，再经由某些不可理解的炼金术，所有颜色都成功地转变成其互补色。等到视觉理解到了一种红色的缺乏后，那些原本焰红的部分好像成了墨绿色，橘色则变为紫色，黄色隐没成了蓝色，然后随着这些色相在天空上鱼贯般消长，一直到十点、十一点，夜晚就这样无声无息、无知无觉地来了。

就这样，这里的日落仿佛是觉得自己永远都不够华丽谢幕似的，每天都这么盛大。好像每天非得把这一段完美落实，就像是每餐最后一定要吃一口甜点一样，这样的白日才能称得上善始善终。

02　食味之城

与其去博物馆或是参观古迹之类的正经八百的行程，在当地吃喝是鸡、犬了解本地文化的唯一方式，而在波尔多市我们也按照惯例"大开吃戒"，每天都拼得酒足饭饱。由于这是犬的法国初体验，所以无论在城市乡间、大街小巷，随时随地都觉得兴奋不已。

然而来到法国，鸡、犬最喜欢的地方、盘踞心中首位的圣地居然是：

家乐福！

　　说到法国家乐福，犬实在想为它高歌一曲，法国的家乐福是真实的人间乐土。作为农业大国的法国，本地的农产品原本就物美价廉，蔬果全都新鲜、肥美，而从邻居西班牙或意大利等地进口的地中海作物，像橄榄油或黑红发亮的大樱桃、李子等，更具备让普通地表少男少女心中的"煮夫魂""主妇魂"瞬间显灵的超能力。

　　总之一逛到蔬果区，犬的"乱买失心疯"就会立马发作，症状之一就是手脚不听使唤，就算是吃不完也会自动把东西全塞到篮子里结账，回家后才百思不得其解，冰箱里堆得满满的东西到底从哪儿来的？

　　另外，在家乐福里，随随便便就能找到超过一百种奶酪和一百种葡萄酒（这个数量词非常实在）。在特产专柜，比如在卢瓦尔河谷地附近，就能找到 Sancerre（桑塞尔白葡萄源酒），在比利牛斯山区就有当地的山羊奶酪，那就像身为一个汽车维修员，带一两个扳手在身上，那也是十分合理的。对鸡、犬而言，家乐福在这里，俨然已经超出了大卖场的概念，是个让人流连忘返的福地。

　　在很多层面上，其实都可以看出来，法国仍然保留了许多社会主义的遗风。比如民生物资价格合理，相比之下，人民生活的消费比英国或瑞士低多了。然而大卖场式的廉价采购，依旧被批评为剥削农民，为部分人所诟病。同样也因为言论自由的权利高涨，所以同样远近驰名的就是法国劳工的权利和行动力都很高，他们如果一阵不爽上心头、说罢工就罢工，那也像是早餐喝粥一样是件稀松平常的事。

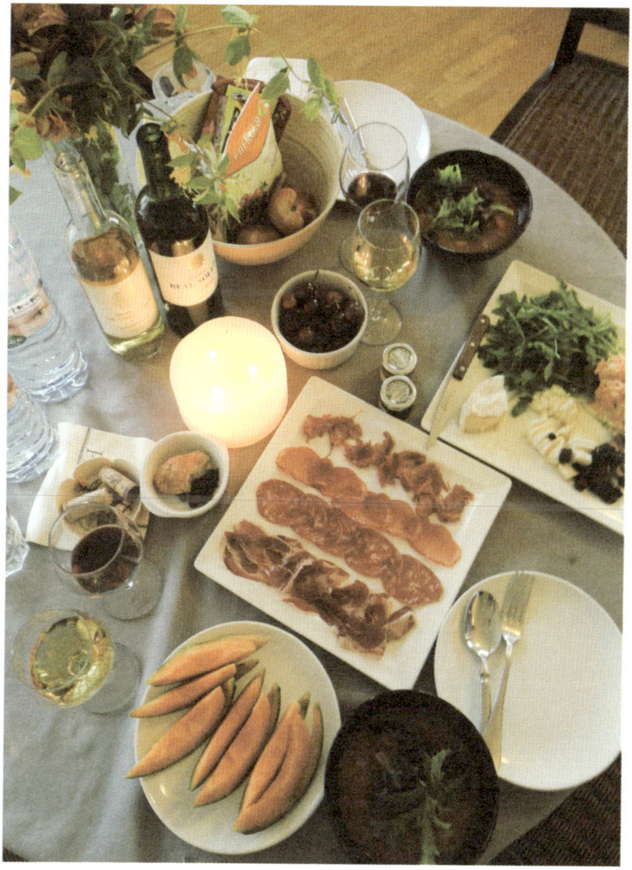

话说回头，初来波尔多，鸡、犬反而没有在外进行太多吃喝，常是在街头巷尾闲逛瞎绕一通，看见不错的就顺手买回几条面包、干酪、火腿或杂货，上家乐福抱一个瓜、选盒樱桃、买点儿青蔬沙拉，然后再挑几瓶酒回自家阳台上看夕阳，顺便和乐融融地醉倒。

03 海鲜在盘上，腿儿在橱窗

波尔多靠海的地方有个叫作阿卡雄的港口，那儿是法国最知名的生蚝产地之一。鸡、犬曾在网络上搜索别人推荐的食记，照片里的桌子正中间，横跨了一艘像是龙舟一样大的生猛海鲜船，两人对此艳羡不已。抱着"初来贵宝地""土包子"想要见见大场面的心情，我们总算循着路线来到这家专卖海味拼盘的餐厅。

不过由于舟车劳顿，犬的狂躁症又开始发作起来，可怜的司机鸡，也因为本身又累又饿还被骂而感到十分哀戚。那天我们连开了九个小时的车，终于从巴黎赶到波尔多，不过这整个儿是自作自受，谁叫我们想逃过路费，只好绕远路……

迷失在小巷弄里转了半天，最后终于找到了那间餐厅，"恶犬"还在继续"狂吠"，说那生蚝太咸、蛤蜊太腥、虾子太凉、淡菜胡子没拔干净、海蜗牛本身脸长得太丑，总之没一处可取。

在老城里散步的时候，无意间经过这家店，虽然几近法语盲的我们听不懂只言片语，不过看着橱窗里挂着一只只又厚又实、霉灰色的外皮、样貌枯槁的火腿，我们便知道那是一家火腿店。扑鼻而来的气味，像是多年未洗的抽油烟机上的油耗味，但仔细闻又带有肉香的那种诡异气味把我们的求知欲带动了起来。

我们绕到店的正面后，就看到了火腿三明治落落大方地像个吉祥物一样栖在店门口。它的内容极其简单：一个平凡无奇的小法包，夹着五六片肥瘦相间的火腿薄片。火腿肉呈现出深洋红、宝石红的色调，周围是炼乳色的脂肪，就像是一杯刚刚冲好的香浓拿铁咖啡。上面优雅地放着浮动的拉花，软白色的奶泡和黑咖啡撞在一起，旋转出动人的卷叶形状。而那每一层火腿薄片，表面都泛着均匀又晶莹的油光，就像是顶层刷上透亮透亮的凡尼斯涂层的古典油画，让人看着看着，不知不觉就口水长流了。

这些生火腿可是好东西，小时候，印象里的火腿就像是午餐肉那样的加工品，无论长相还是口感，都跟"腿"这个概念一点儿关系都没有。像这样把整只猪腿风干，然后削成薄片夹在三明治里，或是直接配上香甜多汁的哈密瓜几口下肚，实在充满风味。小店里人潮不断，都是些貌似已经当了一整辈子吃货的法国老太太，她们用打量脱衣舞男般的眼神，双目如电地将这些"小鲜肉"从前胸望到后背，直到相中哪只腿儿，手指只需要轻轻地颤动一下，随侍在侧的店员立马利索地一把将腿儿抛上机器，"唰唰"地直接开切。

我自知对火腿的爱不像对鸡那么深，此时那位先生正在一旁眼冒金光、摩拳擦掌，从来没看他这么精神过。我就给他搪塞了一个综合切片火腿，催促他赶紧走吧，人这么多呢！他高兴地把那张纸片一样薄的火腿，一把揣在怀里，连说够了够了。结果那片薄薄的小火腿我们一连吃了三四天。浓厚是浓厚、好吃是好吃，但实在太油、太腻了，吃了这次就够够抵一年的分量了。

04 罐头抹酱 rillettes

　　买完火腿之后继续闲逛，街上热闹万分，看起来都是来自世界各地的游客。波尔多原来是可丽露（又称卡纳蕾，canelé）的发源地，所以老城里当然有一些甜点店，卖着精致的可丽露。

　　这是犬心仪的一款糕点，材料简单，主要就是蛋、奶、面粉以及糖、香草和朗姆酒稍做调味制成。记得犬第一次吃时，觉得这小点心实在怪异，因为它外表看起来黑褐黑褐的，并不能引起食欲，又加上外层时常裹了层蜂蜡与焦糖，一口刚咬下，那口感几乎等同于吃了一口用蜡烛包着的受潮硬纸壳。而那还不奇怪，连中间的质地也好像是台湾传统用来拜祖先用的糯米发糕，而且还是被不小心压扁的厚实版本，土黄色的，又软又Q还带嚼劲儿。

　　它这么一副憨厚诚恳的老实相，与花俏精致的蛋糕或是轻巧秀气的马卡龙，完全是天壤之别。然而可丽露口味却真是好，嚼几口之后，

藏在蜡烛味和焦糖硬壳里的蛋奶香逐渐流露，它就像是连"我爱你"都说不出来的木讷老公，却天天可以给你带饭，下雨天绝对帮你撑伞的那种"窝心"与单纯的美味。

那些可丽露宝宝们像黄金一般被包装在珠光宝气的盒子里，似乎是为了弥补它们看起来过于质朴的外观。打开来里面才两三颗，还不够塞牙缝儿，就要价几十欧元。穷酸鸡、犬面对此般雍容华贵的小点心（毕竟我们都走狂饮暴食路线）实在无法埋单，所以很可惜我们在波尔多市时，反而没能尝到最正宗的可丽露，而之后阿维尼翁在吃到的则又是些假鬼假怪。

除此之外，那些专把东西卖给观光客的商家也缺乏特色，倒是街角路边任意的小咖啡店、小酒馆，随着午后过去，一家家纷纷在门口挂出了今日特餐的小黑板，支起了锈迹斑斑的小桌、小椅，就摆在石板路上面，地上偶尔散落着几截烟屁股，但却不显得脏乱，反倒看似率真、可爱。

在这里我发现一个有趣的现象，就是法国人总是把桌子和桌子摆得异常近，往往两桌之间除了一条象征性的小缝儿之外，几乎就和隔桌相连了。一开始犬还觉得有些拘束，好像陌生人就坐在旁边似的，但是后来也就渐渐适应了，而且这里大家都来自各地，所以那桌说法语，这桌说英语，隔壁桌又说德语，反正谁也听不懂谁说的是什么（总之我是听不懂别人说的什么的）。就这样，一众人坐在自己位置上喝酒、聊天儿、抽烟，音量不至于大呼小叫，但是也不需要压低嗓门儿，人人都"嗡嗡"地热络又自在地对谈。

我们入座之后先来两杯波尔多的 house wine（招牌酒），因为还不饿，就点了 duck rillettes 和 Pate（肉糕）。Rillettes 翻译成"熟肉酱"，原本是用猪油长时间炖煮猪肉，最后水分都煮干、蒸发了，剩下肉丝纤维和脂肪搅在一块儿，法国人把它当成黄油那样的抹酱，挖一勺就刮到面包上一起吃。然而除了猪肉之外，鸡、鸭、鹅、兔、鱼都能拌上油之后做成熟肉酱。吃起来就像团油湿的肉松，有着牛肉干那种纤维的口感。酱中吸附了猪油、鸭油和一些黏稠的膏状物，整体类似煮到发柴的肉，但它又被称作酱（真是很难用言语解释的一种东西）。

而Pate（肉糕）则是把一大堆肝肠杂碎打成泥酱，加点儿调味或香草，最后灌制成一条像是奶酪的方砖状，同样是用奶油刀随意铲下一大块，抹到面包上吃。

这样描述可能有点儿恶心，然而这些熟肉酱、肉膏的味道其实真的不错，只是我不太能接受那些夹杂在肉酱里的白色结块的冷鸭油。虽然吃进嘴里，嚼几下它就甜甜地化开了，但是我总觉得冷油块沾上舌尖的那种粉粉的触觉，怎么吃都不对劲儿，可能它让我联想起放在冰箱里的隔夜菜，上面有时会浮上一层白油的视觉印象。

05　白芦笋

前几天，我们去探访波尔多市附近的葡萄园和酒庄，在路边的加油站旁发现一个简陋的小木板亭，还有和我们一道的酒庄主。一眼看到这个小亭，我们就很高兴地过去，原来里头是位小农在卖一箱箱当地盛产的白芦笋。小农说白芦笋的季节下个礼拜就过去啦，赶紧买，于是酒庄主就挑了一大箱，从中捡了几根，分给我们尝尝。那些白芦笋的尺寸不等，从手指般大小、香肠粗细，到像一截树枝一样硕大的

（白芦笋）

都有，有些看起来，那形状实在貌似情趣用品。

第一次吃白芦笋是犬和L第一次来到欧洲，我们在老姨哈勒家的地板上打地铺住了一周，那时候也是好兴奋。第一次到欧洲，樱桃、草莓、葡萄、莓果之类的水果在家乡特别稀罕，发现此处居然这么便宜就能吃到特别多东西。还有各种从未见过的陌生蔬果，像蟠桃、杏桃、栉瓜等新奇的东西，味道也极好。

有天，老姨特意买了白芦笋回来说要做给我们吃，我仍然记忆犹新。因为从没看见过长得这么漂亮、俊俏的芦笋，浑身象牙白，像是会透光似的，有时候顶上染着一抹嫩绿，或是根部有一点儿微紫色，这些颜色都点缀着芦笋本身，显得更光、更亮，充满灵性。

老姨是我的高中同学，她一点儿也不老，人也漂亮，而我就是喜欢故意戏谑地对老同学乱叫一通。她的动作总像大户人家的千金小姐，说是优雅也好，或是不协调也罢，就是一贯慢慢悠悠的，仿佛是一边进行，一边仍然在深思熟虑。还记得她一只手把那些白芦笋压在砧板上，另一手用刨皮刀奋力削皮的模样，就好像是她手起刀落地正在对付一条活蹦乱跳的鲜鱼似的，她这么费力又这么专注，就怕那条"鱼"忽然从掌心里翻身蹦跳起来。

削完皮之后，那些白芦笋全都瘦身成只有原来的一半粗细（我当时怀疑她削掉太多，但是这回自己尝试了之后，才知道那些芦笋的皮还真厚），只剩下多汁的幼嫩芦笋心，这下全都软趴趴地躺在盘子里。然后老姨点点头，露出欣慰的表情，开火，煎起奶油。奶油先是融了，然后很快就要焦了，老姨赶紧把七歪八倒的芦笋全扔进锅，一瞬间油水四溅，爆发出"滋滋""喳喳"的声音和蒸汽，满屋子弥漫着一股浓郁又甜美的黄油与核果的香味，过了不久这香味转为焦味传出来，我和L面面相觑，老姨倒是神色自若地说："差不多了。"

盛出来时那样貌实在好看极了，白芦笋全都变成了金黄色、明黄色，边缘地方微焦，裹着一层闪烁着的细腻的鲜美油光。将芦笋都稍微煎干，上桌前只需撒上一点点盐和胡椒调味，切开吃起来，每一口都鲜甜浓郁，配上奶油的焦油馥郁，整体就是一个美啊！

那实在是生动的回忆。而在波尔多，法国人则教我先将生蛋黄、芥末、盐、橄榄油和醋搅到一起，等到充分乳化成蛋黄酱（也就是美乃滋）后，再把白芦笋煮熟，这样蘸着吃。鸡并不认可这种蛋黄酱，他说这玩意儿满口蛋腥味，我尝了一点儿，也感觉有些异样，怎么吃就是不如以前吃的那白芦笋美味。边煮边吃总是想着从前那时候，一转眼已经事隔近十年，一切事情都物换星移了。

06 人生何处不相逢

来到波尔多之后，由于在社群网络上发了几张照片，意外地接到扬的信息，他和太太现在正好也在波尔多。扬并不是像鸡、犬这样来法国的半吊子的旅行者，他们可是真正的中国留学生，一直都住在马赛。

我们的认识也是机缘巧合。犬前两年和艺术家好友小胖一起在瑞士巴塞尔工作了一段时间，扬和小胖是穿一条裤子长大的死党，所以一得知小胖来欧洲了，就千里迢迢地从法国来到瑞士与他相会，我们三个人也就这样被兜在了一起。回国后我和扬不时有一搭没一搭地联系，比如照片点个赞，或是偶尔无厘头打闹几句，但犬却不知为何对扬感觉很亲切，好像也认识了一个一起长大的死党。

扬夫妻俩带鸡、犬来到一处像是教堂前中庭的小广场，这天阳光可爱，还刮着一点儿风，天气和景色都十分怡人。小广场上支着几把大阳伞，餐厅在斜对街，店家把桌椅摆到外头来。这个角落就在热闹的观光街区的背面，但却相当幽静，人、车都很少。他们在法国结婚时，只简单请了好友几桌喜酒，这里就是办喜宴的地方，食物味道好，摆盘上档次，价格也不算贵。午餐吃得很愉快，我们天南地北地聊东聊西，连听不懂中文的鸡好像也听懂了。

刚开始旅行的时候，犬觉得自己抛弃了很多东西，比如没了工作也就没有所谓事业了，没有事业，也就没有成就，"成就"这个概念通常就是如此被定义的——你必须要工作！同时失去了工作上的定位，没有头衔、没有平台，一时之间，犬居然很病态地感到空虚，好像游离出这个人际网的架构，自己就变得不再存在了。

然而一直往前走，就会理解到，真的，地球是一个圆，生命也是。当你向前走得够远了，就会察觉到你似乎又站在当初离开的地方。你往世界的其他方向走，背离了家人、好朋友，然后你又在无意间发现

/ 美食与爱 /

自己绕一圈儿又回来了。但是你从未走过回头路，在旅途中，有些东西抓不住了，只好把它们丢到后面，继续往前，然后你用另一种方式，像是再次找到了全新的东西一样，仿佛是失而复得，又寻回了那些旧的、珍贵的事物。

但它们显得和以前相同却又不同，你重新理解家人，以前认为父母亲总是全能的、强大的，现在发现母亲其实也是有颗少女心的，天气太热想发懒或偶尔想偷喝点儿小酒。弟弟也从傻乎乎的跟屁虫、小鬼头，变成一个为了实现自己的梦想，每天在外地努力打拼的成年人。你也能重新看待那些老朋友，大家都已不再是初识时十几岁的少男少女了，已经各自走过了自己的旅行，也都懂得，给最好的朋友最大的理解和支持才能成就彼此的性格和友谊。

你也重新看你爱过的人和你正在爱的人，你也看看你自己，过去曾经觉得自己或别人应该改掉坏脾气、急性子，现在了解到，改什么呢？坏脾气是因为情感丰富，所以才喜恶强烈，急性子也意味着对各种事物都充满兴趣，那些短处都是来自某个其他地方的好。

最后吃完饭，扬硬是冲过来抢着埋单，我不接受，就这样推拉了半天，店里的服务员倒是非常机灵地最后刷了他的卡。扬说："我是在这里结婚办的结婚喜宴，他们都认识我啦，当然是明白我该埋单。"然后咕哝着，"况且，要是回到沈阳，被小胖发现，我居然没有在法国照顾你们，那就完蛋了。"我听了微微一笑。

谁也不知道自己在什么时候、什么地方找到什么，就像是，犬也不知道会在这个陌生城市里，和只见过一次的扬，再次其乐融融地坐在一起吃饭、喝酒。但是犬知道，失去不等于没有了，离开则是表示总有一天会再相见。

07 葡萄酒时光机

鸡、犬不是美食评论家，充其量也只是热衷吃喝，喜欢对食物提出些奇思妙想的私人见解。然而在品评的周遭环境中，最让我们不能参透的就是葡萄酒了。有太多所谓的达人操着花哨、不着边际的词汇，而这些形容词的主要目的，仿佛都并不是为了与拥有平均智商的人类沟通（也许是鸡、犬本身智力偏低）。

总之！身为文学革命家胡适先生的追随者（抬出大人物来了），脾气暴躁的犬常会因为搞不懂、听不明白这些酒评专家到底在说什么而自卑转恼火，心中郁结已深，只想吠出："请说白话文，好吗？"

因此，这次来法国也算是一场学习之旅。当然，我们没有那个财力或是狂热，以踏遍几大酒庄、日饮名酒并探寻高深的学问为志。基本上，鸡、犬充其量只是两个极其懒惰的小布尔乔亚，既来之，则安之地入乡随俗，每天多喝、多看，有机会就多问、多听，回来之后就把这些断简残篇的小知识给随手记录，就盼望着以后换我来用高深莫测的词语吓唬别人（被胡适先生追打）。

/ 葡萄庄园 /

所以在第三天里，经由朋友介绍，由一位酿酒厂的第七代接班人——弗兰德里克·拱内（Frederic Gonet）带着鸡、犬去一览他的家族葡萄庄园。然而就在我们到达葡萄园时，犬的第一个疑问也是最大的疑问是：所谓的"世纪年份"到底应该是怎样的气候？是温暖多阳光，还是干燥少雨？

弗兰德里克想了一下，笑着说："就像是一个人一样，你不能喝太多酒，但也不能一点儿不喝；你不能一直工作，也不能总是在玩；你需要运动，但也不能锻炼过了头。好的年份就是在恰当的时间发生了恰当的事情，葡萄成长的时候要有阳光，但是阳光如果太热烈的话，葡萄成熟太快，单宁没办法发展，就不能久存。但如果有太多雨天，葡萄容易生病，而且葡萄可能无法在秋天来临前完全成熟，累积到足够的糖分，果实甜度不够的话，酿出来的酒就很平淡无味……"

这时候我才理解到酿制葡萄酒跟生产其他农产品一样，是一个看天吃饭的活儿。弗兰德里克几乎是在自说自话的样子，接着说："比如2003年，虽然春天很美，但是那年夏天整个欧洲被热浪席卷，空气对流旺盛，下起冰雹，葡萄花苞刚刚开放，就被打死了大半，侥幸没死的也被之后的干旱给渴死了，所以基本上那年的葡萄根本歉收，更别提用来酿酒了。"

或是2007年，夏天里每天都非常热，他们这些酿酒的都只能干笑，互相开玩笑说今年的酒当年圣诞节就能喝了。（葡萄酒的品质取决于它的陈年潜力，最优秀的就是那些可以陈放10年、20年甚至更久还在持续发酵的酒。而就算一般的酒，适合饮用的时机大概也是装瓶后的两三年。所以，弗兰德里克和朋友们所说的"当年就能喝"，表示这支酒成熟得太快，恐怕没什么资质进一步发展。）

再说 2011 年，春天和初夏貌似都不错，葡萄农好高兴啊，因为总算有个好年份了。但是忽然之间天气就转凉了，整个剩余的夏天都不太晴朗，还好秋天有阳光，温暖又干燥，所以很多农夫就决定延迟收成。

等啊等啊，等到葡萄终于看似成熟了再采收，以为酿出来的酒应该是还不错的，结果没想到放了一段时间，葡萄酒居然莫名其妙地上下分层了……

虽然有些人相信，现在科学这么先进了，可以借助科技来辅助改善葡萄的质量，比如用干燥机来处理那些降雨太多的年份生产的葡萄，或是也能适量添加果糖来"改良"那些不够成熟的果实（不过这些额外的应用，在法国的法律规范是很详尽且严格的）。然而，人们还是无法主动地"调配"出世纪年份的伟大葡萄酒。

每一棵葡萄，从开始冒芽开花，一直到慢慢成熟，都是在时间、温度、湿度、阳光、微风一直不断相互影响之中成长的。与其他作物不同的是，我们可能期待吃到同样味道、色泽的温室小西红柿，或是品质恒定的水耕空心菜，但是我们不想要喝起来都一样的葡萄酒，正是因为葡萄酒是一种经年累月的成就，喝下去的每一口，无论是酸是甜，那都象征了一整年的岁月变迁，每一瓶葡萄酒都像是一粒时光的胶囊，封存着当年的风霜雨露。

鸡、犬一向着迷于时间旅行这件事情，当然这并不实际，然而，想起也许能以五官来感受时光回溯，那概念依旧令人激动。像是满天星星里，许多光芒都是旅行了好几亿光年，最终才到达了我们的眼睛，也许在目击的此刻，那颗星星早已经毁灭了，然而我们却依旧看着好几亿年前的它，在当下的夜空里闪耀着。

普通人惯常以线性的方式来体验和认知时间，但仍时有异状。例如过去能够折返（看到一颗位于宇宙尽头、已不存在的星）；妥善封存的当下的光阴可以运送至未来绽放（酿造一瓶老酒，并且在二十年之后开瓶品味）；各种时态彼此不限制于必然的先后次序，而是平行发展。

就在前几天，鸡、犬闲来无事坐在电视机前，随兴地收看一部纪录片，介绍着香槟区的葡萄酒历史。结果演着演着，作为叙事主线之一的家族，居然正是拱内家族。在一段拍摄家族婚礼的觥筹交错的场景之中，鸡、犬又惊又乐地在荧幕上认出了我们的朋友——虽然他肚皮小了好大一圈、头发仍然丰满乌黑，但是那绝对是同一个人，没有错——他就是年轻时的小弗兰德里克！

08 落落长谈波尔多葡萄酒

鸡狗乖图书馆，专供分享搞笑知识和不正经笔记，只录个人理解，以下进入图书馆时间……

好了让我们来说酒，不喜欢葡萄酒的小伙伴可以直接快速翻跳过，例如犬妈，我可以想象她正在翻白眼叫我小酒鬼的表情！

翻开历史课本，我们先来说说波尔多及其与葡萄酒文化的纠葛。

葡萄酒在此区域的踪迹，可以远溯到公元 1 世纪的罗马时期，根据记载，当时就已经开始有第一片葡萄园。然而经过漫长而黑暗的中

/ 波尔多葡萄酒的制作原料 /

世纪，葡萄酒没落了好一段时间，直到 12 世纪，港口城市的波尔多才由于北海商业的繁荣，葡萄酒产业才连带着兴盛了起来。

要说"波波"的身世，则必须提及一位难以评价的女人，当时的波尔多市隶属于法国的阿基坦大区。她则是掌管着整个大区的女爵，先是嫁给了当时的法国国王，结婚十几年后离婚再嫁，打破二婚不体面之说，女爵这回则嫁给了英国国王。

连嫁两任国王的她堪称法国拜金女的祖师奶奶了。不过这两桩当然都是政治联姻，因为女爵与第二任老公成婚时，她的新丈夫才四岁！不过也间接说明了波尔多当时是极有价值的好地区。

回归正题。所以，当时的"波波"被当作"嫁妆"，与女爵一起"嫁"到英国去。既然两方是亲家了，你我往来的关税就随便意思意思，给点儿就好啦，这促使英国人开始大量消费波尔多葡萄酒，这奠定了波尔多酒外销的契机。与勃艮第完全相反，勃艮第的葡萄酒大多内销法国。

波尔多和英国的好交情持续了数个世纪，而葡萄酒本身在世界各地的流通，直到 17 世纪荷兰人海上贸易兴起的时候，又有了更进一步的发展。当时北欧国家很喜欢烈酒，还有各种甜酒，因为在过去的欧洲，糖是很珍贵、很稀少的东西，欧洲人可是在十字军东征——接近 11 世纪——之后才从东方带回了甘蔗并开始生产糖，所以只要是甜的东西他们都"爱不释口"。

荷兰人就这样到处走窜，把货物倒来倒去，其中他们经手的波尔多的白甜酒苏玳（Sauternes，也有人翻译成"索甸"）就是很受欢迎的饮品之一（我们下堂历史课会讲到）。在与荷兰人的交往中，波尔多的红酒制造商不但学会了用二氧化硫为葡萄酒杀菌，也学会了用玻璃酒瓶来装葡萄酒。这些都大大帮助了葡萄酒的保存和运输。不然之前葡萄酒都是装在大木桶里面的，在海上漂上几个月就差不多坏完了。

同时，波尔多人也从荷兰人那儿学到了如何人工将沿海低洼的沼泽地区转化成耕地的技术。这就成就了波尔多在当今世界上最知名的几个产区，包括整个梅多克（Médoc）以及葛拉维（Graves）地区。

09 AOC

犬过去一直都对这概念理解得十分模糊，直到最近才渐渐有所体会。

AOC 是法语 Appellation d'Origine Contrôlé 的缩写，意为"原产地命名控制"。这是一个什么概念呢？原来法国的每个角落，都对自己当地的农产品非常骄傲，就像是老王卖瓜一样，不光自产自销、自卖自夸，还在瓜上贴上一张"老王"标签。国家觉得老王的瓜真是太好了，于是就立法规定，只有老王种出来的瓜才能有老王标签，老陈、老朱的瓜都不能有老王标签（他们可能也不想要）。

AOC 就是类似这种的概念，针对每个特定的产地，生产出的特定产品用什么原料、以什么样的流程制造等都详加规定，以避免莫名其妙的劣质山寨版出现。所以符合 AOC 的酒庄就是符合了这些条件，包括种植葡萄的种类、葡萄藤修剪的方式、单位面积里的最高产量、收获季节开始的时间、最低葡萄成熟度，甚至葡萄酒酿制方式等。如果都合乎规范的话，那就表示这个酿酒厂获得一张模范宝宝 AOC "老王"标签。

这个规定最棒的地方在哪里呢？那就是通过种种严格的规范，能将葡萄农、酿酒师等人为因素的影响减到最低限度，由于他们对于葡萄酒产出所做的工作，年复一年都一致而恒定，所以你在不同的酒庄和年份里，能尝到一种叫作风土的味道。

也就是因为这样，葡萄酒拥有与其他农产品不一样的性质，它具备一种可以称作 "知识体系" 的条例，包含了 AOC 这个 "控制变项"、大自然给的 "自变相" 以及最终产出来的 "依变相"。对于狂热者来说，这是一个有趣的大自然实验，而最后检视、验证，并且从中得到学问的方式就是：把酒喝下肚。而对于普罗大众，比如鸡、犬这样的群众来说，AOC 制度让你大概能够预先有个底，而不会点了碗意面汤最后来了个汉堡。

10 老北京乌梅汁味葡萄

　　就上一点所提到的，波尔多的葡萄酒全都是用数种不同的葡萄汁调配而成的，不像勃艮第都只用单一的葡萄。大部分的葡萄品种是卡本内苏维翁（Cabernet Sauvignon）和梅洛（Merlot），以及少数一些品种，比如弗兰德里克就泄露了他的商业机密，只要调入一点点的味而多（Petit Verdot），就可以让余韵结束得很悠长。

　　卡本内苏维翁这种葡萄品种，应该是每个初学者第一个尝的味道，至少对犬来说是如此。主要原因是波尔多的葡萄酒在世界上流通的资历久远又更普遍，所以像美国、澳洲、智利等新世界的酒（习惯性将欧洲的产区称为旧世界，而欧洲以外的地区都统称为新世界），一开始都以它为效仿的对象。卡本内苏维翁有一种很鲜明的味道，其他书上的形容可能是单宁强劲、酒体厚实之类的，这些都太抽象啦，给犬的感觉就是十分阳刚，像是一位有着怒气纹和法令纹的熟男，加入梅洛则是为了稍微平息它的暴戾之气。

　　对于犬本身呢，我当然没有那种灵敏的鼻子，而弗兰德里克鼻头掀动几下，樱桃、草莓、浆果、黑醋栗之类的就"大珠小珠落玉盘"了。但是如果要从我个人最熟知的味觉数据库中去找那个相应的味道的话，那就是卡本内苏维翁它有一股乌梅干的味道，那味道有点儿像是你去麻辣火锅店里点了一瓶老北京乌梅汁，闻起来略有几分神似（我觉得可能只是外国人不知道什么是乌梅，就像我也搞不懂什么是黑醋栗一样）。

然而写文至此，波尔多红酒的刻板印象也可能只是犬喝的红酒还不够多（或是没喝到真正的好酒），前几天鸡、犬喝了一瓶惊人天人的2007年的马尔戈，虽然2007年据说是坏年份，但那酒之温柔高雅却完全超过我喝过的任何卡本内沙维翁，只是回味依旧有股淡雅的乌梅干味儿……

11 平衡感

在看一些酒评的时候，常会听别人说"口感非常平衡"。犬每次看到这种评论就会兴起一把，冒出云里雾里的无名之火，心想，又不是在玩跷跷板，平衡什么鬼！然而，葡萄酒当然是需要平衡感的，不是说你喝醉了，走路颠三倒四、歪七扭八地倒在地上失去平衡，也与耳朵里的前庭、半规管完全无关（别问我那两个构造是什么），用最简单的大白话来说，那是一种口味的舒畅度。就像是犬小时候练习钢琴和弦，三个音都压正确了，曲调自然美妙和谐，但是如果因为懒惰没练好，弹错了，老师犀利的耳朵马上就能听出来，乱弹和弦是亵渎"巴赫平均律"，是罪恶，是要被罚拧几下手臂或用衣架打头的。

听觉是这么一回事，味道当然也是。一颗奇异果好吃，不只是因为它甜，它还要有一点点酸涩，并伴随完全成熟的扑鼻果香（所以犬不喜欢金黄奇异果，它只是甜，缺酸）。一碗麻辣臭豆腐做得到位，也不能只有臭与辣，而是臭得刚好点缀其香、辣得巧妙而不掩其味，吃完之后不会让人感觉调味过重以致整个舌头连舌苔都麻了。

而在葡萄酒里，甜味、酸味、酒精和单宁是构成葡萄酒口味的主要元素。

• 甜味：葡萄酒中的甜味，除了来自酒液中残余的糖分之外，酒精本身以及在发酵过程中产生的甘油，都会让酒有更甘甜的感觉。甜味可以让酒产生圆润的口感，并降低酒的酸味、涩味和苦味。相反，酒中的酸味常会让人低估酒中糖的含量。如果酒中的甜度太高而没有适度的酸度平衡，会造成太过甜腻的口感。

• 酸味：酸味主要来自酒中的酒石酸、苹果酸和柠檬酸，以及经发酵造成的乳酸及醋酸等五种有机酸。酸味具有让酒清新的功效，而且可以增强苦涩味道并降低甜腻感。酸味太高，葡萄酒刺激性强，不足则会让酒变得软弱、平淡乏味。

• 单宁：此"单宁"非牛仔裤的"丹宁"布，那是我们本书之后的几个小知识（故意剧透）。"单宁"这个词真不顺口，它来自英文"tannin"的音译，因为这两个字组合得实在太奇怪了，不如我们给它取名叫"丹尼"更亲切。就假想丹尼是一位心地善良但讲话很难笑的人好了，看见周遭朋友都聊得很开，他就会兴冲冲地凑过去搭腔，结果每次插完话，大家都会因为实在不知道该怎么接话，但却又不想要伤害他的感情，所以默默朝着四面八方散去，这就是丹尼。

每个人一定或多或少在生活中认识一两位丹尼（如果超过数位那就有点儿悲剧了），这款友人造成一种社交活动间的不顺畅感。就像是单宁这种化学成分，它普遍存在于自然界当中，茶、树叶及葡萄的皮、梗、子里都有，犬相信菠菜里面一定也有很多，因为每次一吃完菠菜都觉得舌头像砂纸一样又粗又皱。它会收敛唾液的分泌，所以吃完会感觉嘴巴涩涩的、不滑溜，造成一种"喇舌"的不顺畅感（有关"喇舌"请见下一页台语课教学）。

葡萄酒中的单宁主要来自酿制时浸泡葡萄皮的过程，是葡萄酒长期保存不可缺少的原料。单宁除了有防腐的功能，在口味上会为红葡萄酒带来涩味，它是构成红酒口味结构的主要因素。太重则干涩难忍，不足的话酒的口感又会显得柔弱无骨。

• 鸡、犬化学课时间：为何酒里有糖分？（化学系的小伙伴请直接跳下一题）

这就要大略交代一下酒精产生的过程。其实很简单，就是在一堆甜滋滋的葡萄汁当中住着一些微生物酵母。这些酵母可以人工加到果汁里，但它们本身就自然而然地存在于大自然的葡萄果皮上，所以有些葡萄酒强调有机酵母，说穿了不过就是遵循古法。酵母讨厌氧气，当一大堆果汁被满满地装入密封的桶子里之后，酵母就忽然一阵"我的天啊！这下精神有够抖擞的"，然后开始"咕噜咕噜"地发酵起来。

它们狼吞虎咽地"吃掉"葡萄汁中的糖分，并将其转化成酒精＋二氧化碳＋能量，于是推动了葡萄汁慢慢转为葡萄酒的过程。

如果当年葡萄长得不怎么好，颗颗酸，那当然果汁里也没什么糖分，所以酵母大快朵颐之后，把糖全吃光了，没食物了，饿死了，最后酿酒过程完成。但假设那年天气特别美、葡萄全都又甜又熟，酵母这下心想，太好了，这么多糖分，放胆尽情吃的话，应该不会随便就 game over 吧，于是日日夜夜"开趴"，狂吃、狂喝、狂制造酒精，只是此刻的它们还不知道，它们在挖坑给自己跳，因为酒精杀菌啊！它们酵母就是一堆菌，还真以为自己是人啊！于是在整体的酒精浓度上升到接近 15% 时，酵母又死了，酿酒过程完成。这就是为什么葡萄酒的酒精浓度通常不会高于 14% 的原因。而另外，如果酵母还来不及把糖通通吃完，就全"驾鹤西归"了，那酒里就残存了很多糖分，这也是为何有些酒喝起来很甜的真实原因。

台语课教学时间（音乐起）

"喇舌"台湾话读作"lǎ 吉"。犬不会说台语，所以在听到这种语言时，常有惊异之感。"喇"是个动词，女巫在熬她的那锅浓稠又不知里面是何物体的魔法汤时，汤勺在其中拖动、翻搅的动作，被称作"喇"，或是挤出两管颜料，用画笔调和两团色料，可以说"喇喇欸"，意思是搅和成一块儿。至于用舌头交缠是在干吗呢？原来是舌吻，这就是本词的真正含义。说"法式热吻"，相比之下是此行为极文雅的说法，若说"lǎ吉"，那就是低俗、粗野到发生幽默、产生趣味的程度了。

然而像"喇舌"这种生动的用语，居然连台语白痴犬也略知一二，这得归功于一首爆红的叫"喇舌"的台湾舞曲。这首歌受到热议并非由于它具有不凡的美学价值，相反，它的简单、粗暴会让听者吓一跳并深深叹服，身为一首歌怎么有办法做到这样无脑？整首歌里超过三分之二内容只有重复的两个字——"喇舌"！一时之间，大众文化的鄙俗和流行歌曲的欠缺素养，震惊了各界严肃的学者、专家。虽然犬不懂得台语的语境，不能全然领悟到其令人发指的没水准与不上档次，但只需要看着舞者小痞子一样流里流气（又有点儿笨拙）的举止，明明脸上写满本人智缺却浑然不觉，还以为自己帅得惨、美得慌，整串整串地叨念"喇舌！喇舌！喇舌"！与蛤蟆叫的声音实际上没有什么区别，让整首歌"完美"到顶级下流的"极致"境界。

但就像是一场闹剧荒谬到了极点，反而惹人发笑，这首脍炙人口的歌之荒谬鄙俚，让人生气不起来，反倒转念叫绝："也太诙谐了。"犬在此处使用"喇舌"是用了其字面上意思的直译，指舌头在口中滑动，至于为何不循规蹈矩、正正经经地说"舌头触感"，却故意要用"喇舌"，那就只是因为犬热衷把低级当笑料的无聊嗜好罢了。

好了，上面把葡萄酒口味的三巨头甜、酸、单宁都简单介绍了，下面则说说这三巨头之间的三角关系，它们的平衡与否关系到一瓶酒是否好喝。

评断白葡萄酒的平衡比较简单，它的平衡主要建立在酸度和甜度之间。想象一下一个跷跷板，一端是酸，一端是甜。如果酸甜适度，就能达到完美的平衡。然而如果甜度高、酸度低，尝起来就会是一股脑儿的死甜，腻腻的。有实验精神的小伙伴若在此时加入一点儿酒石酸（也就是烘焙用的塔塔粉，它原本就是酿酒时会出现的副产物），酸度一提升，精神一振奋，葡萄酒也能变得上档次呢。反之，如果酸度很高但甜度不足，则喝起来会像是徐娘半老一样干枯、刻薄、呕哑嘲哳。此时别忘了，感觉甜，可不只是因为有糖分，酒精和甘油也能造成甜润的口感，所以像是几乎不含糖的干白酒，只要这两个条件能冲上去，与酸味分庭抗礼，还是能营造出风韵犹存、平衡优雅的酒体。

红酒的平衡建立在单宁、甘甜、酸度这三者之间，这三者的强度必须互相调配均匀才能有平衡感。酸度和单宁有彼此加强的特性，也就是说酸度越高会让单宁的涩味显得越重。相反，甜味则会减弱酸和涩味，所以酒中的酒精浓度提高，不仅增强甘甜的感觉，同时还会削减酸味和单宁的强度。

犬评判葡萄酒的口感的知识一部分来自林裕森，他是犬在阅读葡萄酒相关书籍时很欣赏的一位葡萄酒作家。他行文朴素、平实、深入浅出，态度也开放诚恳，不会像有些作者那样自视甚高或是爱抖术语。至于犬，因为天资有限，所以整个下午都在思索如何将"平衡感"这个段落以更有趣的方式来表达，才不会让读的人仿佛在念课本。这样一边想一边随手涂鸦，最后画出了："甜味三小兔大战单宁酸汽车怪兽"的诡异漫画，并且确立志向，等老了一定要出一本"写给学龄前宝宝的葡萄酒教材（内含手绘插图）"，但是这个教材合法吗？

12 小犬今日三十有三

波尔多之后，鸡、犬的行程计划是：零！

来到法国前，我们只订了来回机票和前三晚在波尔多的住宿，至于接下去的去向，我们打算到了当地再见机行事。不过既然到了波尔多，鸡、犬也很想去看看那些知名的葡萄酒产地，所以我们决定沿着加隆河往北，穿过整个梅多克地区，直到大河的出海口——一个叫滨海苏拉克的小镇。鸡不知道从哪儿看到一篇美文，照片里的小镇苏拉克十分清秀，于是鸡就很兴奋地一边拍着"翅膀"一边叫着："那就去那里帮犬过生日吧！"

离开波尔多市区后，没过多久就看到了遍地的葡萄园。然而现在回想起来才觉得奇怪，当时鸡、犬居然没有特别去参观酒庄、试饮各种葡萄酒，不过这主要是我们随性的态度引起的麻烦。直到后来几天，鸡、犬才开始严肃对待这个要紧的问题，那就是欧洲与亚洲在时间观上的差异。举例来说，在中国台湾或韩国，基本上就算不是 24 小时，但至少在除去正餐的高峰时间，比如午后或夜晚，我们在多数地方还是能找到餐厅或是小吃店之类的，吃点儿东西填饱肚子。然而在法国，如果一旦错过了午餐或晚餐时间，餐厅就通通大门紧闭、打烊休息了，于是便没东西可吃。周末更是如此，在亚洲，人们通常是趁假日出外"血拼"、消费，因此商店也是在这期间最繁忙，但在欧洲（特别是在乡间）周末不只一般人放假，商店、餐厅的老板、工作人员也休息或者去别处度周末了，多数店并不营业。

因为时间不凑巧外加无知，鸡、犬居然是背其道而行地"精挑细选"了一个周六下乡，一路上看到不少酒庄都呈现出一副让来者无法判别到底有没有营业的萧条相，第二天更糟糕，因为是"凄凄惨惨戚戚"的周日！

不过当时鸡、犬还没意识到自己接下来的命运将会如此坎坷，在波尔多和扬夫妇吃过午餐后，我们便兴高采烈地驾车出发了。一路上鸡依旧很尽职地充当司机（到了法国机场才惊见这台 smart 居然是手动挡的，结果犬根本不会开），而犬也很尽职地扮演乘客，不停对着路过的葡萄园和美好的天气，兴致勃勃地品头论足。

三个小时后，鸡、犬来到在苏拉克预定的住处。这里也如同波尔多的落脚处，鸡、犬再度从 A 网站租了一间小房子，看起来像是个度假小屋。房间虽小，但是厨房、卫浴一应俱全，还有一片小庭院，虽然没有什么极别致的景观，但是傍晚坐在小院子里面吃饭、喝酒，实在是非常安适、惬意。

安顿下来后，鸡、犬就开始出门探索了，想看看杂志图页中的雅致风景和热闹商街，这里虽然是波尔多人的避暑胜地，但是现在根本还不到旅游季节！五月底的法国还依旧偏凉甚至寒冷，所以刮着无情巨风的海岸沙滩显得寂寥、萧瑟，只有些"游手好闲"的小屁孩儿，像丧尸一样漫无目的地在荒野里徘徊。而且因为自一年前的旺季过去至今，这里整年都缺乏维护，各处看起来都有些年久失修。

鸡、犬在附近逛了一圈儿下来，终于找到了一条比较有人气的街，但是那条街却因为整体过度廉价而相貌庸俗，观光客也都是美国大妈的品位，眼前的一切都与那篇美妙的介绍文、亮丽的照片以及鸡、犬过度丰富的想象有着天壤之别，这里怎么看也顶多就是个永安渔港的程度。

鸡、犬感到索然无味，于是驱车驶向救星家乐福，采买了简单的食材和两瓶酒，回自家院子里吃晚餐。然而这条观光客大街却在隔天的周日大饥荒中拯救了我们，因为所有店家都公休，甚至连家乐福也让人惊愕不已地深锁铁门。没有料到这个小村会是此般极端环境的鸡、犬，根本没有对周日大饥荒有任何心理准备，也不知该储备存粮。还好观光客大街依然有稀稀落落的人群，所以，零星有一两家餐厅还很勉强地提供午餐，我们总算吃了一顿迟来的生日大餐。然而午餐时间还没结束，餐厅的服务员们就纷纷解下围裙，开怀地在海风中抖散秀发，轻盈地跳上单车唱着歌而去，留下背后的鸡、犬，心里七上八下地为自己没有着落的晚餐而忧心。最后我们从行李里搜刮出一些前天吃剩下的干酪，闻闻似乎还没坏，加上中午打包回去的半瓶红酒，简单吃吃，当作减肥吧！

这片住宅区看起来就是波尔多市市民的乡间小别墅，两边的房子平日似乎都是空置的，只有暑假或周末，家人们才成群结队地前来过夜。我们刚抵达的时候，隔壁家还静悄悄的，没有声音，到了晚餐时间才陆续听见人声躁动，最后邻院已齐聚了一大家子的人，爷爷奶奶、爸爸妈妈、两个小孙子，还有一只小狗。等到全员到齐，就生起火，一片和乐，父慈子孝、兄友弟恭地露天烤起肉来，与我们只有一道围篱之隔。大人们在烟雾中一边喝酒，一边欢乐地高谈阔论，两个小孩和那只马尔济斯犬充满好奇的小脸庞则轮流出现在围篱的缝隙中，充满新鲜感地"窥探"着鸡、犬这两个陌生的亚洲邻居。

而我们也拿出刚刚从家乐福采购回来的食材，开始准备晚餐。专业厨师鸡先把淡菜一只只捞出来，洗干净根须，然后在大锅里简单放入一点儿洋葱、大蒜，豪迈地加入整瓶白酒，放到电炉上面做起酒蒸淡菜。犬则里里外外地进进出出张罗着，擦擦桌椅、摆摆刀叉，然后拌了生菜沙拉，切了点儿奶酪，盛出小碟油渍橄榄、番茄干当开胃菜，再把酒开了瓶先醒起来、点上蜡烛，这小院子里的法国餐桌居然还显得有模有样了呢。

今日酒单是一瓶 Chateau Pipeau（红酒，来自圣爱美浓的特等酒庄），一瓶陈年的便宜白葡萄酒（便宜低阶的酒通常并非酿来久存的，保存的状况也不尽理想，所以当我们打开来试了一口后，就决定把整瓶酒加入淡菜用来料理，那酒单喝味道有点儿酸、馊、苦，总之就是太诡异了），还有一瓶苏玳。这瓶甜白酒是我们在波尔多市的时候买的，一路带到苏拉克来。之所以买它是因为在波尔多的某晚，鸡、犬为了某件现在已想不起来的鸡毛蒜皮的小事在吵嘴，争执不下之际，鸡的心中郁闷难忍，打开冰箱就喝掉了房东的藏酒。隔天两人感到抱歉，所以打算买一瓶赔给房东，本以为味道甜甜蜜蜜的应是瓶苏玳，但后来房东却说那只是便宜的苹果酒，我们喜欢的话喝掉也没关系，不用赔！然而鸡还是买了一瓶 Prosecco（意大利的香槟）给我们可爱又大方的房东情侣。至于那瓶原先已购的苏玳，我们则留下自己喝了。

这餐鸡、犬吃得酣畅、尽兴，淡菜来自法国近海，只只肥美，坏掉的白酒仍可以为海鲜去腥提味，加上洋葱果蔬的香甜，整锅蛤肉带汤汁一点儿调味、盐都不用加，味道已极丰富鲜美。大啖一顿有壳类食物之后，奶酪果干配上红酒正好，最后以甜白酒当甜点作结，完美。

这天晚上正是犬32岁的最后一夜，从明天起，犬就迈入33岁啦！在这个法国乡间里，没有网络，电视也没画面，手机虽然有几格信号，但是也很久不曾响起过了。鸡、犬两个人吃完饭，就心中无事地待在院子里，与世隔绝地喝酒、闲聊，不知道过了多久，直到天色逐渐变暗，隔壁的院子忙了一阵之后也都进屋安静下来，眼前的那些树林就这样慢慢地转为深黑色的剪影，最后只剩下背后的天空还留有一点儿全部步入漆黑夜空前的色彩，一下子是紫红转橘红的层次，一下子是土耳其蓝渐变成孔雀绿，每个画面都像是日本的装饰版画，用黑色的绒布当作树影，再贴在漂亮的色纸上方。

鸡很惊讶地发现那些树之间，居然穿插着许多韩国风景里熟悉的松树，变成影子以后，松树的姿态更加抽象好看了，仿佛是手艺最巧、传承最悠久的老太太悉心剪出的剪纸图案，那样独具风格化的造型一点儿也不像大自然的造物。于是我们跑进房里拿出相机，傻傻地对着夜空拍照，也不管现在天色已经一片漆黑，根本无法对焦。

过了午夜，我们则把点着的蜡烛拿起来，充当一个隐形的蛋糕上的蜡烛，音痴鸡兄荒腔走板地唱了一首没人能认得出的《生日快乐》歌，犬则装模作样地吹熄以示庆生。鸡、犬回忆着："去年生日我们还在首尔的江南吃炸鸡呢！那晚住在一间青旅里，结果鸡隔天全身就被床上的臭虫咬得乱七八糟。还有我们在乌兰巴托的那间旅馆里，一觉起来，鸡的手臂简直就是蒙古臭虫吃到饱的自助餐。奇怪，那为什么犬都不会被咬呢？总之，我们明年又会去哪里过生日呢！"

　　在这个小破村里度过了一个宁静、安适的生日，犬感到非常满意。以前想要大张旗鼓地办生日派对，暗自算计着谁谁谁是否都记得问候自己了，现在回想起来真是可笑，也觉得那样的自己有些可悲。现在的犬常常吃惊地发现，人的所需其实非常少，不需要奢侈大餐或名贵礼物，只要一个会吵架但还能玩到一起的伴侣，一个好天气的夜晚，一个小院子，一点儿简单、美味的食物，这样真的就已足够了。生活里没有什么戏剧性，就算只是平平淡淡地坐着乱聊、回忆、喝点儿酒，也不会觉得无聊或匆促，这才是最高的幸福。犬很久以前也是可以感受这些简单人、事、物的好的，但是不知不觉把这些纯真的心意给忘了，开始越来越贪心，欲望越来越膨胀，梦想也越来越复杂，结果的确是抓到了更多，但反而过了一段很不快乐的日子，甚至很负面地认为那个还未世故的自己再也回不来了。不过事实证明人的心并不是如此运作的，不管什么时候，你最好的初心永远在那里，耐心地等着有一天你再次把它给找回来。

一只鸡的生活意见

Bordeaux & Korea

波尔多与韩国

Cheers to Vinegar!
为醋举杯！

Well，maybe we didn't come to France without any plans after all．A few months ago as I was browsing a book store in Taipei，I purchased Dog a French food guide and phrase book．We had always wanted to see where and how these great wines and cheeses were made．My French was almost non-existent as my two years of lessons were when I was in my early teens．I skimmed through the book first to see if I remembered any of the vocabulary.

On our third day in France，our first real introduction to wine came from Frederic Gonet，a seventh generation winemaker．His great，great，great，great，grandfather started in the Champagne region and Frederic expanded the business into Bordeaux．His father is the well-known Champagne maker，Michel Gonet．Frederic spent most of a beautiful Friday with us，showing us several of his chateaus, vineyards and wineries, taking us to a local village bistro along with several of his bottles, finding the elusive white asparagus at a stand next to an auto repair shop where I parked the Smart, and even going to his son's school to deliver medicine before a rugby match.

With a great sense of humor (sometimes politely self deprecating and hearty laugh) , he showed us around and about winemaking. The weather's initial role in growing grapes, some vines in the shade and maybe others too close to the roadway, too wet late in the season, fermenting in different sized vats, resting in oak barrels, warm or cold spots, proximity to the door, maybe a little too much fire in warping the wood when making the barrel, and many, many, many other factors, as many as one can think of. Then after some time, a sampling from the barrel will show whether it gets no stars or three stars, or somewhere in between. Three stars going to Frederic's best wines while no stars might go to your table as vinegar.

Although I've known this all along, Frederic's explanation reinforced for me how much wine and other inanimate things are like individuals. So many coincidences and maybe non-coincidences go into what makes a person. Heritage is a factor, just like the plots of land that produce great wines year after year, and also the nurturing, experiences, cramming, failures, successes, awards, fights, happiness, disappointment, and everything else. And then they are tested, or tasted, like wines, and categorized, from the prestigious and special, like Premier or Grand Crus, or vocational, like the everyday vinegar that seasons all manner of cooking. This testing is necessary.

And even after being graded and placed out in the real world for tasting, some mature faster, some later, some live up to their potential, some, for an unexplained reason, never reach that potential. Some may be considered so precious that they are sheltered and never tasted at all. Others might wither in heat or humidity or freeze in cold and arid conditions and slowly turn from a Grand Cru to vinegar wasting talent. And still others will be drunk too early and there would be nothing left.

In a sense, the table wine or the table vinegar may ultimately influence more people just because of their being approachable. And also, given time almost all of us will turn to vinegar. I think I'm vinegar now, but cling to the belief that vinegar can in certain surprising circumstances turn into wine, very good wine.

好吧，也许这趟旅行并非真的毫无准备。几个月前我在台北的书店里瞎逛，最后买了一本法国的食物指南和法语词汇书送给了犬。况且，我们一向想去看看那些美酒、好奶酪究竟是从哪儿，又是如何被制造出来的。虽然自己在中学时曾修习过两年法文课，但现在早就全部忘光光了，法语能力早就已经退化到近乎零，所以我一拿到书就很快地瞥了一下全书，看看还记不记得任何单词。

来到法国的第三天，我们有幸得到一个真正的初探葡萄酒机会，由一位酒厂的第七代接班人——弗兰德里克·拱内（Frederic Gonet，其实他一点儿都不厉害，不过犬热爱乱翻译人名）为我们介绍他的庄园。他的祖先在香槟区开始了第一代制酒生意，弗兰德里克则将业务扩大到了波尔多。他的父亲是位知名的香槟制造商——米高·拱内。一整个美妙的周五，弗兰德里克一直像母鸡带小鸭一样带着鸡、犬俩奔上走下，给我们介绍他的几个酒庄、葡萄园和酿酒厂。他领着我们去村里的小酒馆吃午餐，同时带着好几瓶他的酒让我们全都试饮看看。同时我们找到了卖珍馐白芦笋的小摊贩，它就藏身在一个不起眼的修车厂边上，小黑就停在一旁。我们甚至一起去他儿子的学校，给孩子送一些为橄榄球比赛而准备的膏药。

弗兰德里克十分幽默（有时候他还故意有礼貌地自嘲，然后真诚地大笑），他带我们四处看的同时，也说了不少制酒的经验和故事。任何你能想到的各种可能因素都会影响葡萄酒最后的成品。酿酒师隔一阵子就要一桶一桶地试试味道，标出这一桶没有星，这一种值得三星，或是分数介于两者之间。三星的就归到弗兰德里克酒庄的珍酿区，而没星的可能就来到我们的餐桌上做成醋。

虽然我早就知道了这个流程，然而在弗兰德里克娓娓道来的时候，更加深了我的感触，就是葡萄酒或是其他无生命的东西，它们与人的个体是如此相似。各种意料之中的因素甚至是根本察觉不到的巧合，那些都是成就你的原因。从上一代传下来的遗传片段是一个因子，就像是同一块土地可以年复一年地产出伟大的葡萄酒，但是同样地，培育、经历、机遇、挫败、胜利、奖励、奋斗、幸福、失落……还有其他种种际遇，都是生活向我们提出的一道道测试。一个个体的精神，就像是葡萄酒被尝过后被分成不同的层级，从超凡而杰出的伟人（像是特级或一级酒庄）乃至找份工作、安稳度日的普通百姓（像是日常的烹调里少不了醋的调味），这些测试是非常重要的。

并且，就算是通过了这些等级的评鉴，然而在真正要开瓶饮用前，有些酒在瓶里会成熟得快一点儿，有些会慢一点儿，有些可以完全实践它的优秀潜能，而有些因为某种不可解的原因，永远无法触到自己的潜质。甚至还有可能因为被认为太过珍贵了，所以被长久地珍藏着，从来没有被打开来饮用过。剩下的可能处在太热、太潮湿、太冷、太干等不理想的环境中，逐渐从特级品慢慢坏成了醋，而浪费了伟大的才能。也有一些太早就被打开来喝了，从而没能留待到最佳赏味的黄金阶段。

在某种意义上，最平凡的酒或是普通的醋，可能正因为它们是如此平易近人，最终对我们人类社会造成了最大的影响。而且，随着时间的流逝，几乎我们中的所有人终将成为醋一般的存在。我想，现在的我就是已经成为醋了。但我相信，仍然有那种可能性，醋在某种条件下，还是能够令人吃惊地变成酒，并且是非常好的酒。

Same Wine in Some Parallel Universe?
穿梭平行宇宙间的葡萄酒

Coming back to Seoul first after France, I really appreciate how international the world has become when I drink wine. Even in this small countryside suburb of Seoul, I can now get decent Old World wines at prices that are probably just a little more than they would go for in their home country. A great example of this, although not French, is the 2009 Villa Al Cortile Brunello (US$34) and the 2008 of the same winery but Riserva (US$52) that we bought at the local shop.

Chicken and Dog try to limit ourselves to a bottle of wine with dinner — 2.5 drinks for each of us (and we share equally, or we fight) , so not too much higher than the recommended daily amount, although we are now inching towards a bottle a day. So the other evening, we were trying to decide which Brunello to have, the 2008 Riserva or the 2009 non-Riserva and Chicken casually mentioned that it might be good to compare the two as we are rarely able to buy vertical vintages from the same winery at the this shop. I said I wanted to try the Riserva, opened the bottle, and poured two small glasses (knowing that this bottle would need some time to open up) .

A moment later, Dog growled " Why aren't you opening the other bottle ? " And from there we started a very memorable 3 hours of wine tasting, comparing, failing to limit ourselves to one bottle, and maybe even dimensional traveling.

The 2008 Riserva's nose was alcoholic and the taste was bitter, tannic and thick — it almost seemed like gasoline. The 2009 non-Riserva was fruity with a nose of strawberries and the taste was immediately enjoyable with the strawberries turning into cherries and dark chocolate. I don't normally describe wines like this, so this was probably how Dog described it.

We poured another small glass of each and things were similarly distinct. With both bottles open, instead of going out to eat or cooking, we ordered in baked, crispy chicken (one of our favorites) . We poured another small glass, then another (we can probably get 8 or 9 glasses from each bottle) , maybe an hour passed since we opened the bottles. Something instigated us to play a game to try to tell the wines apart blindfolded. Having her eyes closed and smelling the two wines that I mixed around, she said they both smelled similar and after a taste that she couldn't tell either. I tasted the wines from her glasses and said this must be the 2009. Or was the other the 2009.

About half an hour later, after some chicken, we poured another small glass. The 2009's nose was still fruity, but the taste had transformed from dark cherries to plums and the finish was thin. The gasoline from the 2008's nose all but disappeared and the taste was unusually smooth and the sweet and earthiness lingered after the initial sip. We thought maybe the food was affecting how we tasted and perceived the wines.

The next glass, now almost 2 hours after opening, the taste of the 2009 was almost like over-ripe plums — the wine was clearly past its " good" window. The 2008 continued to drink wonderfully, even for the next few last glasses, almost into the 3rd hour. Chicken and Dog should have stopped drinking the 2009, but it would be a waste, so we polished that off after enjoying the 2008.

For all the vertical, horizontal and other tastings I've took part in, this was quite interesting. About an hour after opening, there was a small window when the 2009 and 2008 smelled and tasted quite similar. The 2009 non-Riserva started off bright and vibrant and tapered off after this hour, during which the 2008 Riserva began to settle and build up to its potential. At a certain moment of the then space-time continuum, when one was rising and other descending, there seems to have been a conjunction, or were we experiencing a momentary brush with a parallel universe where these two wines always smell and taste exactly the same.

So, if you find yourself with a Brunello non-Riserva and a Riserva, drink the normal one the first hour and then move on to the Riserva. Or if you are with a larger party, the non-Riserva would be perfect to quickly fill all the glasses. But take some time with the Riserva, it'll show itself after 2 hours.

Maybe I'm coming to conclusions too quickly based on just one tasting of this kind. Maybe we need to do this again, and also for different vintages, second wines, adjacent plots and other creative comparisons. And again. Maybe this could cause the two parallel universes to converge at some point and I can get Riserva wines at the price of non-Riserva ones.

从法国回到首尔，我真的很感谢这个世界已经变得如此邻近。

即使在首尔市郊的这个小镇上，我也可以买到不错的旧世界（欧洲）葡萄酒，且价位也只比它在家乡的原始售价略贵一些。举个最好的例子，在韩国当地的超市，我们能以合理的价格买到这瓶 2009 年的 Villa Al Cortile Brunello 以及出自同一酒庄的 2008 年的特殊保留款 Riserva。

鸡和犬试着限定两人每天一瓶葡萄酒佐晚餐——平均一人喝 2.5 杯（而且绝对要恰好均分，不然我们会吵架），所以并没有太超出每日的建议饮量。当天晚上，两人正在犹豫该先喝哪瓶，是 2008 年的保留款 Riserva 呢？还是 2009 年的普通款？鸡故作不在乎地试探犬："如果能比较出来两款酒的不同，应该会很有意思，因为在超市很难得能买到同一个酒庄垂直年份生产的酒。"犬通常都担任警察的角色，会阻止鸡想酗酒的歪念头。不过后来我决定今晚先喝 2008 年保留款，所以开了那瓶，倒了两小杯。

几分钟之后，犬不满地开始"吠"道："为什么你不开另一瓶呢？"然后，自此我们开始了非常难忘的三小时试饮。虽然一天一瓶的约定再度失效，不过我们也因此经历了场时空旅行！

2008 年的保留款最开始的气味呛而带酒精味，尝起来则是苦，加上单宁之涩而浓烈，喝起来几乎是在喝汽油。而 2009 年的普通款呢，则有种甜美的草莓般的水果香气，口味是即开即饮、立刻可享用的顺口，新鲜草莓转至樱桃和黑巧克力的滋味。我通常不这样谈论酒啦，所以这大概是犬描述的口吻。

两种酒再各斟一小杯，现在尝起来依旧迥然有别。于是伴着这两瓶打开来正在呼吸的酒，我们决定不出门吃饭了，干脆叫了外送的酥脆烘烤鸡（我们的最爱之一）在家解决晚餐。接着鸡、犬又倒了一小杯，然后又一杯，每一瓶酒大概分出了8~9小杯的量。此时，距起喝大约已有一个小时了，鸡忽然灵机一动，提议玩一个游戏，就是蒙眼试饮，看看我们能不能辨别得出哪个是哪个。犬闭着眼睛，嗅嗅面前那两杯已经被调整了位置的酒，她说它们闻起来特别像！甚至喝了一口之后她还是分辨不出来。然后由我出马来尝试，最后揭晓这杯或另一杯是2009年的。

　　大约半小时后，我们吃了一点儿炸鸡填饱肚子，重新开始倒酒。2009年的仍然散发着果香，但是味道却从圆润的黑巧克力转至李子味，余韵变得弱而淡薄。而2008年的那股子汽油味居然全部消散了，喝起来也变得出奇顺口、甜美，那质朴的泥土余韵，咽下后仍在口、鼻里萦绕不去。我们认为可能是食物影响了味觉系统对酒的感知。

　　然而接下来，现在已经是开瓶两个小时后了——2009年的普通款尝起来已经变成了一种过熟的李子酱，这支酒已经很明显地过了它的巅峰状态。而2008年的保留款则依旧迷人万千，甚至往后的几杯都维持着同等千姿百媚的妙处，这时几乎已经过去三个小时了。鸡和犬原本打算不喝2009年的了，然而因为贪图眼前佳期不想浪费，结果在我们喝光2008年的之后，也把它给一喝而空了。

　　在所有我曾参加过的水平（同年份的不同酒庄）和垂直（同酒庄

不同年份）的试饮中，今晚真是格外有意思的体验。大约开瓶后的一个小时里，有一个短暂的窗口，2008 年的酒和 2009 年的酒在此交会，它们无论是闻起来还是喝起来都十分近似。2009 年的普通款开始时鲜明而奔放，而在一个小时内，这份活力便逐渐递减了，反观 2008 年的保留款，起势非常缓慢，好像正在收拾手脚，准备架构出它深藏不露的真正实力。在连续时空中，有某些片刻中，一个正在复苏，而另一个正在陨落，这其中的动力学似乎有所关联，或是其实我们经历了一个不凡的瞬间，当时两个平行宇宙聚首轻触，在另一个宇宙中，这两瓶酒闻起来和尝起来总是一样的？

　　总而言之，如果你手边有两瓶 Brunello，分别是普通款和保留款，在开瓶后，请先喝那款普通的，然后再移至保留款上。或是如果你在一场派对里，普通款则非常适合一次就把大伙儿的所有杯子都斟满。但是请给保留款多留一点儿时间，只有在两个小时后，它才会向你展示出它的不凡真身。

　　恐怕我的结论下得太早了，毕竟也就只试过这么一回。也许我们应该多试几次，不同年份、二军酒、相异地块和其他有创意的比较。也许会导致两个平行宇宙有机会再度汇聚，那样的话，我也许就能用普通款的价钱买到保留款了！

180°

中

CHEERS TO VINEGAR

01 唯腐而贵苏玳

波尔多除了梅多克地区之外，葛拉维（Graves）以及圣爱美浓（St-Emilion）都是世界知名的葡萄酒产区。葛拉维位于波尔多市区南边，沿着加隆河左岸，向下延伸大概 50 公里的狭长区域。葛拉维就是法文里"砾石"的意思，直接说明了这个产区里的土是以大小砾石为主的。

葡萄是种很奇妙的植物，越是贫瘠、排水好的土壤，它反而会激发出树藤坚毅的韧性，把根向下扎得越深，挣扎着想把土地里的每一滴营养都给吸取出来，用这种条件下产出的葡萄来酿的酒最有滋有味。（反之，像台湾葡萄农那样非常精心地搭棚施肥、灌溉，葡萄每年可以开花三次，长出来的果实又大又多汁，却完全不能当作酿酒的原料，因为水分太多、果实太肥了！）

葡萄园的分布甚至有段有趣的历史，在中世纪时期，散布在各地的教会就像是在当地独大的小地主，农民必须定时缴纳粮食、酒水，务必让修士们吃饱喝足，才能保证可怜愚昧的农民在死后灵魂能够上天堂。而当时葡萄酒不过就是一般的副食品，地位远次于小麦、蔬果之类的农作物，所以那些农民就组织起来，主动把所有耕地划一划、分一分：最肥沃的用来种麦子，次肥沃的种玉米，然后是番茄、蔬菜……

直到分到最末尾，只剩下那些最贫瘠的、在河谷边或山丘上的、全都是石头沙砾的不毛之地，才拿来种葡萄。结果修士们发现，在这种环境之下酿出来的葡萄酒居然特别好，于是他们开始了对葡萄酒和葡萄园的研究和发展。（不要怀疑，修士从来就是最精于制酒的人，甚至现在我们喝的香槟当初就是修士发明的！大概西方对于"酒肉和尚"有不同的理解。）

　　好了，不深究和尚修士该不该嗜酒了，总之，葛拉维地区的葡萄酒非常有名，而且犬最喜欢的甜白酒苏玳的产地就在葛拉维的南部。

如果说 Sauternes，大家可能不知道那是什么，还以为是在说土星 Saturn 呢！但是它的艺名大家应该比较常见到，那就是鼎鼎大名的"贵腐酒"。

"贵腐酒"这个名字奇特中又有点儿恶心，让人听到一次就印象深刻。同样，它的香甜、浓郁，像蜂蜜又像糖浆的美妙滋味，同时带着水果味的酸甜，也是喝过一次就让人绝对不会忘记的。然而最早人们可不是为了制造噱头才这样命名的，而是因为这些葡萄感染了一种叫作贵腐霉的霉菌。

（掉书袋时间开始）在秋天的时候，源自内陆的溪流带来了冰冷的溪水，溪水一旦顺流而下，与温暖的下游大河交汇之时，这样的冷暖相撞就自然凝结成了浓重的雾气。原理就类似于梅雨季节的雨雾霏霏，也是由冷空气和暖空气相碰滞留导致的。犬最讨厌这种气候，南方这时候到处都是浓重的湿气，无论是衣柜、家里的角落、皮件鞋子，还是人的脑袋、身子骨儿，一不注意就全发霉了。

至于此时苏玳区的小山谷，就正像遭逢了暂时性的梅雨季，它的地形恰恰将潮湿的雾气困在底部的葡萄园之间，巧夺天工地成为贵腐霉的露天游乐园。这种霉菌的菌丝会附在葡萄的表面，然后伸入果肉吸取水分，让葡萄脱水，变成葡萄干那样的状态。也有一说是霉丝会在葡萄皮上面刺出无数小孔洞，然后葡萄就会变成海绵一样，水分通过表面无数的孔洞蒸发了。总之原理都一样，结果就是使果实脱水。然而下午的时候，这个小山谷又正好向阳，一扫湿冷，转为干燥，使染上霉菌的葡萄不会真正地烂掉，最后死于非命（灰霉病）。就这样，在葡萄成熟季节的湿凉早晨、干暖午后，不停交替就能酝酿出很好的贵腐葡萄。

除了需要天时、地利之外，人和也是不可缺少的一环。贵腐葡萄的采收极其耗时、费力，因为每颗葡萄脱水的程度和速度都不一样，如果只是稍微发干，像苹果放太久皱皮了一样是不行的，或是冬天没有用面膜导致皮肤生出小细纹，那样也不行。（这提醒了犬好几天没用面膜！）每颗葡萄都要经过有经验的肉眼一颗颗进行仔细地挑选，葡萄必须已经干到了极限，变成类似木乃伊或是蒙古人瑞的脸，干巴巴地挤成一团，才能被采收酿酒。这个时候，这些葡萄的糖分已经浓缩，像是变成了糖渍葡萄一样。

然后呢，因为这样榨出来的葡萄汁糖分极高，发酵得很慢，想象酵母一边吃糖一边说："吃饱了，再也吃不下了……"等到达到14%左右的酒精浓度之后，酵母基本上已经完全死光了，所以酒里就留下了很多糖分，这就形成了贵腐酒甜如蜜的口味。

冰酒也是有着类似的原理，不过冰酒的葡萄不是因为霉菌造成脱水，而是延迟采收，直到冬天，葡萄里的水分都结冰了，所以榨出来的汁就格外甜。就像小时候夏天想喝冰，于是就直接把可乐丢进冷冻库，结果常常跑出去玩忘了喝，等到想起来要喝时，整罐已经结成一大块儿像石头一样的冰块儿。犬必定没耐心等待解冻，总是刚融化一点儿，就把汁液一口喝光，然后又要再等半天，才能再喝下一口。刚开始化开的糖浆最甜，中间还有一大块冰。然而直到后半，糖浆已经都化出来被自己喝光了，冰块里就只剩淡而无味的水了。

　　除了苏玳这个最知名的产区之外，波尔多南部的其他地区也都产甜白酒。甜白酒之甜蜜常会让人误解它只是如志玲姐姐一般的简单角色，然而在这里，好的甜白酒是阐释酒体"平衡感"最佳范例，它不只是甜得浓、醇、香，其中还带高酸，喝起来如胶似蜜又有神，那感觉就像是惺忪的眼睛一旦被画了眼线就立刻从睡眼变成电眼。品质普通的甜白酒喝起来当然也甜，然而没喝多少就会像小时候吃糖，含在口中不断舔着舔着，最后糖吃完了舌头也发麻、发苦了，再没办法吃其他的了，似乎甜味把味蕾都给烧坏了。

　　甜白酒的好坏有高下之分，这又再度证明了做苏玳真是门细致而充满理念的活儿。在最好的酒庄里，每颗葡萄都要经过悉心地照顾、摘取，原本产量就极低。如果遇到当年气候不理想，例如太潮湿导致葡萄生霉直接转生菇、太干燥贵腐霉不爱光顾，甚至是采收期间遇上下雨，那酒庄就会干脆放弃这个年份，宁可今年没有收入做白工也不愿砸了招牌。

　　所以"贵腐酒"其实也是名副其实，它高高在上、被众人捧在手心精心呵护的姿态可一点儿也不能屈尊降"贵"，并且价格也很"贵"！

02 圣爱美浓

　　生日刚刚过完，鸡、犬迟迟无法决定接下来要往哪里走。如果从波尔多继续南下，就会进入伊比利亚半岛的西班牙，听起来似乎颇吸引人，但是回程可就远啦，这台小车还得千里迢迢地绕回巴黎机场归还呢！后来鸡、犬干脆闭着眼，四面八方到处乱找一通，总之就是哪里便宜往哪儿去，最后命定的下一站就是一个深入内陆、靠近中部山上的小镇。

　　于是，离开苏拉克之后，我们只好忍痛跳过甜在心苏玳区，从海口再度掉头开往内陆，向东前进。然而看似随性的决定为何会被说成"命定的下一站"呢？因为这段路恰好会直直穿过波尔多的另一个著名酒乡——圣爱美浓（St-Emilion），也正好给嗜饮葡萄酒的鸡、犬来了个寓教于乐的良机！

　　两人听到又有酒喝了，心头一喜，于是义无反顾地埋头直冲进圣爱美浓。圣爱美浓不只是酒鬼专属，整个城市和葡萄田都被联合国列为人类历史文化遗产，鸡、犬一边驾车，一边沿着蜿蜒在葡萄园里的道路，慢慢趋近一片漂亮的古老小镇，它就坐落在层层叠叠、低缓起伏的小山坡顶端。这个地方的历史很悠久，传说在8世纪的时候，修士艾美里安初来此地，他不为卖药也不表演胸口碎大石，而是闭关灵

修。结果说好了要灵修，但等他出关时不但自称见到了圣灵，把农民说得一愣一愣的，讲完还从背后端出一杯葡萄酒，说是圣血。虽然鸡、犬两宝读完此传说之后心生"这修士真的不是江湖郎中来卖药酒吗？"之疑窦，并心知肚明"和尚"根本志不在灵修而八成是太无聊，所以每天酗酒，但宝宝都不说。总之，有了艾美里安行使的神迹以及圣人加持，此地因此得名。

小镇盘踞在一个较高的小山坡上，我们必须把车停在外围，用步行的方式进入古城。踏着石头铺的路拾级而上，一路行经各式纪念品商店和卖酒的门市，游客熙来攘往的，十分热闹。山顶和村庄的最高点是一座哥特式的尖顶钟楼，据估计是建于公元 12-16 世纪，就在这钟楼的底下，深藏着一个神秘的地底教堂。而正当鸡、犬在努力向上攀登的时候，钟楼恰好响起了钟声，不间断地为这个已近千年的小镇敲钟报时。

爬到顶上之后视线一开，外面的景色迷人而浪漫，近处的村内小广场上，人们坐在咖啡厅里享受好天气与阴天里不太刺眼的柔和阳光，抬头稍往远处看，可以看见层层叠叠鳞次栉比的石造房屋，而最后面的背景则是一片低缓起伏的葡萄田。葡萄田的青绿色越往后退就慢慢地转成带有天空色调的蓝灰色，整片开阔的大地看起来无比平整，宁静而优美。

03 梅洛的葡萄酒人生

圣爱美浓虽然也位于波尔多，但是与滨海的梅多克相比，气候更接近大陆型，少了海洋湿润的温柔关照。这里夏季炎热干燥，冬天寒冷，因此，属于比较早熟品种的梅洛葡萄在这里种植得也比较广泛，并且大部分圣爱美浓地区的红酒中，梅洛占有很高的比例。

梅洛的味道跟卡本内沙维翁不太一样，对犬而言，闻起来不像梅干，而像是青绿色的蔬菜或是新鲜瓜果，单宁比较温和，颜色也不如卡本内沙维翁那样红紫到发黑的感觉，而是更接近玫瑰色，整体让犬感觉有种柔美的气质。

说到这里就令犬联想到电影《杯酒人生》（Sideways）。这是一部有趣的电影，主角是两个有中年危机的男子，一个是个不成功的作家 A，一个是准新郎 B，B 有承诺恐惧，是个想在婚前再狂野一段的浪荡子。A 和 B 两人展开了一段与葡萄酒相关的公路旅行。A 一开头就曾抱怨，自从他与前妻离婚之后，就再也不喝梅洛了，因为那总是令他想起两人当时的婚宴，前妻选的酒就是梅洛。于是观众就先入为主地以为 A 一定是讨厌梅洛。然而直到电影最后，A 才理解到，前妻与自己已不可能破镜重圆了，他一直以来的私心和盼望也总算彻底地落空了。于是他拿出了自己最舍不得喝、珍藏了多年、原本打算跟前妻一起享用的白马庄园葡萄酒（Chateau Cheval Blanc，圣爱美浓两大名庄之一），这酒在酿造中使用的一半的葡萄都是梅洛。

观众这才明白，他不是恨梅洛，而是不想要面对过去的回忆。然而当他终于下定决心开瓶饮用时，才发现这瓶珍贵的酒已经错过了它的巅峰时期，坏掉了。A 就在桌前"呜呜"地哭起来（心中无限怨叹："浪费啊，可惜啊！我的人民币都飞走了啊……"）。总之，他此时才总算明白，自己逃避多年不肯承认这场婚姻已经彻底失败，抗拒接受与前妻的缘分已经走完，反而把心中的真实感受都像是这瓶佳酿一样尘封起来，最后却是画地自限，让自己错过了许多美好的事物。

尼坎坎，连电影都这样演了，不尝尝圣爱美浓的梅洛简直"令人发指"！所以，鸡、犬当然跑到酒铺里，"挟持"了一瓶之后再启程上路。

犬语：说到"尼坎坎"（你看看）这个梗，就要提及犬年纪小的时候，在台湾电视节目里，常有一位著名的麻辣师奶大厨教人烹饪，叫作菲姐。菲姐看起来跟那些温良恭俭让的大婶型厨艺老师截然不同，她总是顶着一头堪比狮王谢逊的蓬松大卷发，脸上一派完美妆容，衣着华丽入时，脚踩高跟鞋，架势颇有法国女人的气场。然而菲姐的声音却又破又低，粗哑得极有特色，但听着实有奇趣，就像是昨夜在 KTV 里面通宵乱吼乱叫唱伍佰的歌，以至于今天起床后发现自己完全失声一样，另外，我想如果乌鸦会说人话大概也就类似那样的声音吧。

不过她反应敏捷，对答也幽默，做起菜来利落、不拖泥带水，极具女汉子的侠风，看她做菜就会有种联想，认为这菜色应该也跟这女人的性格一样五颜六色、有滋有味吧。菲姐的口头禅就是这句奇腔怪调的"尼坎坎"（特别是当她煮了一个什么令自己非常满意的菜色时，就会硬逼着旁边的主持人或来宾快来看自己锅里的菜），总之，最后变成"尼坎坎、尼坎坎（必重复多次）"，颇有喜感，也莫名其妙地成为主妇们或模仿秀谐星的流行语。（然而犬究竟是属于上述哪类人群呢？）

04　在比利牛斯的山路上

离开圣爱美浓之后，我们就直接前往下一站：罗卡马杜尔。这小镇藏身在法国南方比利牛斯山脉中间，由于整个城镇都倚着峭壁而建，因此得到一个极美的称呼：天空之城。说起这个地方的历史，就要先讲起圣雅各朝圣之路。

"圣雅各之墓"是传说中耶稣门徒之一的圣雅各的遗物最后停放的地方，它本身就是中世纪天主教三大圣地之一，与耶路撒冷、罗马并列。"圣雅各之墓"就在伊比利亚半岛上最左端靠近海洋的终点，而图中位于西班牙北部的那条大小黑点密密麻麻的路线，就是知名的圣雅各朝圣之路，大概就类似于佛教徒步前往西藏走山，或是印度传经的路线。

而在从这条路进入西班牙之前，法国境内也迎来了欧洲各地络绎不绝的信众。前往圣地朝拜旅行的实际需求，逐渐形成了四条主要的"11路双腿朝圣快速道路"。在这些干道的途中，每隔一段距离，信众便能找到修院、教堂或接待之家，像是香客大楼那样给旅人提供打尖歇脚的地方。而这几条线路途经的"休息站"，有些是逐渐演变而来的，有些则是既然要去拜大庙，不如也顺道经过拜个小庙的绕行者，总之，陆陆续续形成许多圣地、教堂和老城，现在大部分也都一并归入相关的文化遗产了。而罗卡马杜尔就是其中的一站。

另外，"圣雅各朝圣之路"的路线本身即为联合国人类文化遗产之一，即使是在现代，也仍是热门的徒步路线，在这个暑假，鸡的朋友就与孩子去旅行了半个月，甚至另一位女性友人带着自己的老妈妈，两个人一起去走山。山林间的法国风景秀丽，夏天的气候也很宜人，况且就算是走不动了，也能随时到邻近村落转搭火车或大巴。其次，有趣的是，当犬在寻找资料时，发现有关"路线"的文化遗产目前世界上共有三笔，除了这条西班牙和法国的圣雅各之路外，日本纪伊山地的灵场和参拜道、中国的丝绸之路都在其列。

然而鸡、犬既不是天主教徒，也完全缺乏从事文化苦旅的激情，决定去罗卡马杜尔的原因是：一、我们打算接下来往地中海方向的东南方前进，顺道会经过这里；二、犬发现这里的旅馆相当便宜，一个晚上只要50欧元！所以，鸡、犬就乐不可支地油门儿一踩，欣然前往了。

开了一段时间之后，小车逐渐驶入山区，葡萄园早就不见了，取而代之的是像温柔的波浪一样的绿色山丘和原野。我们避开高速公路，走在乡间路上，两旁景色幽静美丽、人迹罕至。在前不着村，后不着店的路边突兀地摆着张招牌，有些甚至是潦草的手写看板，上面有大大的两个单词：Foie Gras（鹅肝）。当时的我们正开车行驶在法国南部的比利牛斯省，这里最著名的食物就是鹅肝、鸭肉、羔羊肉和羊乳奶酪，在这片自然肥沃的山地里，法国人不只是耕种，也出产品质绝佳的家禽、牲畜及其制品。

今天早晨起床，鸡、犬解决了冰箱里的最后一点儿粮食，从苏拉克出发。来到圣爱美浓时刚好错过了午餐时间，想吃口饭却只能到处碰壁。之后又开到荒郊野外，连个商店的影子也没有。两人只好一直挨着饿，饥肠辘辘地一路熬到罗卡马杜尔。办理好入住手续总算可以喘口气了，此时已经是下午五点了，饿得眼冒金星的我们决定立马出去吃饭，再也不磨蹭了。

还没来法国的时候，常常听见别人批评法国人多么骄傲、多么眼高于顶，如果见对方居然不懂法文，他们就根本懒得回应或根本不屑于开口搭腔。我甚至还读到一位中国留学生创造的怪招，遇到法国人时，先冲着对方说串儿中文，攻他个措手不及，并趁着对方一时间心灵失去寄托、因自己听不懂中文而忐忑的时刻，再改口以英文发问，此时法兰西民族的傲慢与偏见早已因为惊吓过后的松弛而抛诸脑后，对方多半会像是找到了一截浮木，脸上露出"妈呀，还好会讲英文"的欣慰表情，流畅、心甘情愿地用英语交流。

　　然而这次旅行却出乎鸡、犬的意料。就像今晚，我们下榻旅馆的法国柜台小哥就非常友善，看犬提了一个大行李箱，二话不说就接过去直接搬到二楼房间，放好之后还拒收小费，也不知道是不是因为犬长得太正的关系（这怀疑也太不要脸了）。后来我们向他打听附近的餐厅，他先是推荐了三四家不同菜系的餐厅，之后还拿出手机帮忙打电话去订位，直到安排妥当。去的那家餐厅老板与小哥很熟，因为小哥的一通电话，鸡、犬从圣爱美浓"挟持"来的红酒也不再另收开瓶费，真是很体贴。而后来一次也是令犬印象深刻的经验，事隔几天，犬在观光办公室里遇到一位法国小胖妹，她虽然英文不太流畅，但依旧努力地用法文和英文解释了半天，帮了很大的忙。后来鸡、犬推测可能只有像巴黎人一样的都市中人比较冷漠，其他的乡间的法国人对旅人还是相当热情的，如果他们不愿意说英文，大多也是因为他们真的不会说，而不是故意刁难。

我们由于"饥"火中烧，所以也不深究菜式了，直接选了最近的地点用餐。招呼来客入座的是一位看起来六七十岁但仍着装讲究的老太太，也许她就是老板娘，她把鸡、犬安排在餐厅前的小广场。天色暗下来，树上挂着的小灯泡一颗颗地被点燃，一整副迤逦雅致的法式光景。路途中被鹅肝洗脑的鸡、犬，每餐必点鹅肝，几天下来实在太腻，直嚷嚷再也不吃鹅肝了！结果一落座又手脚不听使唤地点了鹅肝。

　　然而这餐最大的亮点则是羔牛肉。羔牛肉的颜色还不像成牛那般深红，而是淡淡的粉红色。就算煎得只有半成熟，依旧没有血的铁锈味和牛肉的腥味，只有一抹略清淡的无机盐的味道，和蛋白质的香甜肉汁组合在一起，尝起来回味无穷。沾上一点点简单的红酒酱，有一种纯真而单纯的鲜味，实在是太无邪、太丰富的味觉体验。好吧，虽然吃小牛有点儿残忍，但是鸡、犬爱羔牛！餐末最特别的是罗卡马杜尔的全脂羊乳奶酪，这可是有产地限制的呢！这是款软而新鲜的奶酪，所以依然还留存着原乳的味道，口味和质地则类似于刚发酵的酸奶。

　　鸡、犬今晚开了瓶红酒，喝着喝着，天色已经全暗了，空中只剩一轮明亮的满月。等到离开餐厅准备步行回旅馆的时候，天上的月娘正垂着眼睫毛安静皎洁地看着我们。

05 天空之城

好了，铺垫了这么久，这下总算把罗卡马杜尔的真面目给秀出来啦！

罗卡马杜尔这个小镇以实在不可思议之姿依山而建，它的历史可远溯到 12 世纪，有一位通灵的圣母追随者半夜睡不着时一直觉得有人在跟他讲话，于是他跟随圣灵的声音来到此地建城。整个建筑群包括七座修道院和教堂，峭壁的最顶端是一座尖顶钟楼，指向天空。

鸡、犬听从热心的旅馆小哥的建议，先从钟楼边上的树林中找到了一条"之"字形的小径，从顶上往底下走进城里。小径铺设得简单而完善，沿路绿树覆顶、微风徐徐，时而也会行经数个小圣像跟石洞，比较突出的山壁部分也搭建了观景台，让人可以远眺底下的山谷。初夏的阳光轻盈而美好，散落了一地疏落有

致的婆娑树影。照道理来说，原先参拜的僧侣应该是沿着小路拾级而上才有"苦行"的概念。但是现在的游人都是从此处陡斜的步道顺级而下，然后再穿过镇上的主要道路，吃吃、逛逛、看看、买买，接着由比较远但和缓的车道返回顶上。

小径的末端接着一条甬道，这其实是一个修道院的底部穿堂，再下几步台阶后，视野里看见了一层层的屋顶，好像可爱的小玩具。到了城镇，向上抬头一望，才惊叹地发现刚刚自己穿梭其间的岩壁居然如此陡峭，而岩石上镶嵌的教堂和修院更是挺拔而耸立，巍峨的景象令人屏息。

这些石造建筑真是让我越看越觉得不解，但也颇感奇妙，如此沉重又庞大的材料，究竟是如何被搬运到这片荒山野岭来的，又是怎么被建造、嵌织在山壁上的呢？有时候想想宗教实在神奇，比如中世纪保存至今的许多教堂，当时科技落后，技术也很原始，常常一盖动辄就是几百年，三四个世纪过去了都还没完工。相比之下，当代的建筑技术能在 19 天内盖好一栋 57 层的大楼（大家敢不敢住倒在其次），数个世纪的工时，漫长得让人丧失时间的概念。

这样说吧，当第一个工人开始搬第一块砖、砌第一堵墙的时候，他知道自己此生是无缘能够看到眼下手里的工作完结的，甚至他的儿子、孙子、曾孙子等也许都必须持续着自己现在开启的工作。总之，对于现代人而言，真的很难想象当时人们的生命观和时间观。举个贴近生活一点儿的例子，就像很多人常常才开始工作几周、几天，就觉得老板、同事讨厌，工作内容千篇一律，很快认定这份工作毫无意义而转头离去。即使是一些精英分子，拼死拼活地力争上游，成为主管后还要升总监，变成总监后还要变成国际总监，他们都在追求一种具体的满足感和自我的成就感。该怎么去对比那些中世纪的工人，日复一日、年复一年地做着无望完成（甚至是下下辈子都不可能完成）的工作呢。可能他们也是一边做，一边万般不情愿地咒骂不休，然而那些近乎不可能的伟大建筑，也终究这样，如我们眼前所看到的，代代相传地、一座座拔起、完成了，究竟是无知还是信仰能带给他们这种恒久和坚定的意志？

如何能够看穿时间是一个持续的整体，而自己的生命只是其中的一段过程？即使是这个生命完结了，还有其他人或自己的子孙来延续。或是古时候人其实也不想这么多，反正成就属于未来，教堂属于上帝，他们只是很顺从并且坦然地同意，自己并不能得到一分一毫的丰功伟业。人们总是蔑视那些天真到不可救药的人或野蛮人，但是他们似乎却随随便便就能找到心理的平和。

我想，真正的伟大也许最终是成就在无数重复而不起眼儿的日常里面，成就在人们根本不去在意它、注视它的平凡时刻。

好吧，其实这段路上上下下的，鸡、犬爬得气喘如牛，而且接近赤日炎炎的中午，晒得两人七荤八素、汗如雨下，但是秉持着中世纪古人的精神，我们都不去想它，也不去感受"铁腿"，最后居然爬完了。以前跟L爬山时，他就曾教了犬相当高明的一招，叫作"僵

尸走路法"。每当意志近乎崩溃时，赶紧祭出这招，总能继续撑下去，非常灵验。

最后在远处与山城拍张照以兹纪念，我们的额头都油亮油亮的！然而进到城里后才发现，那儿也没什么真正特别之处，就如同欧洲其他中世纪小镇那样，建筑的设计造型差不多，商家贩售的东西也大同小异。总之，经过犬缜密的统计观察，观光区千篇一律的必备几款商店有：一、卖冰激凌的（生意极好）；二、卖皮具的（可能人们在登山头晕目眩的时候特别有皮具购买欲）；三、卖刀的（这真的无法解释）。

回来后查看了此地的旅游资料，才知道罗卡马杜尔最著名的圣物是一尊非常小但有求必应的黑色圣母塑像，虽然犬没有特别信这个，但是一听到"有求必应"这四个字，总是会"叮"一声，像是微波炉加热完成时的声音一样触动犬心中的"匹妇魂"，然后心中微感扼腕，早知道也去拜一下啊！

鸡、犬在中午时间离开了山城，有鉴于前几日我们无视法国人准确的营业时间，很任性地自顾自赶行程，所以再三错过吃饭时间，没少饿肚子，所以一开车上路，鸡就开始非常机敏地四处寻找吃饭的地方。下山后没多久，行经一个小村庄时，鸡方向盘一转，就把车停在村庄的广场，两人走到村里看看有什么好吃的。

小村不大，我们才走两步就瞥见其中一条巷子里悬挂着一道红色布旗，两人胡乱猜着上面写的法文，然后猜测巷内应该有市集，只可惜靠近之后才见市集已经零零星星地收摊了。那是附近的农民在销售自家的产品，种樱桃的收拾几篓樱桃，做面包的正在收拾烤盘，腌火腿、制奶酪的则只剩下一些边边角角，大部分都已经卖完了。他们个个都面露轻松愉快的神色，快手快脚地整理自己的小摊，也准备去吃午餐了。

虽然逛农夫市集未果，但是我们尾随零星下工的人群，在巷子里找到了间小巧可爱的Café，于是就自己坐在摆在路边的椅子上，东张西望地准备点餐。法国人的Café不只是卖咖啡，它大概类似台湾的简餐店或小厨房那样供餐的小食堂，通常门口会放张黑板，写着今日特餐。大厨每天都依照今天去菜场买来的新鲜货来制作当日菜色，看别桌法国客人总是一来就直接问服务员今天吃什么好，他们对着小黑板简单交谈几句，服务生就径自去厨房准备了，即使餐厅真有菜单，也没见人用菜单点过菜。前阵子台湾忽然有股"无菜单料理"的热潮，"无菜单"这个概念顿时就成了一种风尚的体现。

犬起初听到的时候还有点儿摸不着头脑，后来觉得顾客就是有什么吃什么，主客都很随和，蛮好的。但是某些自以为有姿态的餐厅，甚至刻意标明自己为"无菜单料理"，这"无菜单"三个字被捧成了噱头，那就太过于矫揉造作了。总之，在法国点当日特餐天经地义，没人觉得有什么稀奇的，形式通常是依序上个3～5盘，包括开胃菜、主食、甜点，有时候还有奶酪或咖啡等餐后饮品，不管是多平价还是多高级的餐厅，大概都是这种形式。像这种乡间的餐厅一份套餐是12

欧元，一杯红白酒可能两三欧元，一杯咖啡 1.5 欧元，消费其实不算高，尤其是葡萄酒，实在是太便宜了！

这间 Café 就是一家人在里面忙进忙出的，由一位法国妈妈担任主厨，虽然埋首在厨房里干活儿，但她还是一丝不苟地将头发吹得又膨又卷，妆化得粉亮粉亮的，睫毛刷得又黑又翘，而我之所以知道她的打扮，则是因为她像位船长一样，不时会走到外堂的夹板上，英姿焕发地翘首顾盼一番，看看大家是否都吃得尽兴、满意。

法国先生则是身兼跑堂店小二、经理与会计的多重角色，虽然已经知道了鸡、犬对法文一窍不通，但还是非常郑重地用一连串非常流利、优美的法文向我们介绍今日菜单。一脸露出鸭子听雷——傻呆状的两人，只懂羔牛，因为英文"veal"和法文"veau"长得很像，所以能够辨认。法国先生听毕，嘴角一紧，表示赞许，同时眉毛一竖，认真严肃地指着小黑板上的其中一项，先用大拇指比出"好吃"的手势，同时脖子一歪，双臂一缩，发出"咕！咕！咕！"的声音，并做出拍翅并盯着地上找虫子的专注表情，眼见他这样费心地为鸡、犬解说菜单，我立马点了这道鸡肉串。

另外一位服务生则是位金发碧眼、高挑的美少女，看起来应该还是纯真烂漫的大学生，那长相不只是漂亮，她看起来白净无比，整个人简直就像是透着光、非常清新脱俗，席间坐在邻桌的两位年轻"肌肉男"（他们身上穿着反光条背心和工作靴），一直不停偷瞄小姑娘，想要趁机向少女多攀谈几句。而法国先生也是一眼就看穿了这两个小

"癞蛤蟆"居然想"吃天鹅肉"，于是事必躬亲为这桌男士服务，男孩儿们眼见今日博得美人的青睐已经无望，所以改为埋头苦吃，打算尽快离开现场。

这餐的亮点再度是鸡、犬的新欢羔牛肉。法国妈妈把牛肉与蔬菜一起炖煮，旁边佐着奶油炖饭，那牛肉又软又嫩，吃起来就像是全脂牛奶化开那样温润、浓香，同时伴有蔬菜的鲜甜味，太好了。吃完饭后，法国先生因为语言不通（肢体语言也比不出来），所以直接领我去厨房的甜点橱去挑甜点，里面有整盘整盘的自制樱桃派、奶酪蛋糕、草莓奶酪塔、黑巧克力蛋糕和我最后选的杏桃派。鲜橘黄色、圆滚滚的杏桃超可爱，有着晶莹剔透的色泽，咬下后多汁，甜中带酸，连不嗜甜口的鸡居然都来跟我抢着吃。

一只鸡的生活意见

Bordeaux to St. Emilion
& Rocamadour

波尔多到圣爱美浓与罗卡马杜尔

Life is Too Short for Expensive Wine
人生苦短，不该浪费在昂贵的酒上

While Chicken and Dog had a few days of down time staying on the top floor of a lovely old Bordeaux building with a terrace overlooking the roof tops of the houses and buildings around, Chicken began to read a little about wine. My wine experience only began about a dozen years ago when I started trying Australian wines in Singapore and then Bordeaux wines in Hong Kong and Shanghai. I generally took to people's recommendations and believed in the adage that " life is too short for cheap wine".

This was a book that I picked up among walls of used books in a café in Taiwan a few months back. It was written by two writers who were obviously anti-Robert Parker, anti-Wine Spectator, and anti-expensive wines generally. Or so I thought.

They seem to have methodically, blind and non-blind tasted

wines to thousands of people from all walks of life, from those new to wine to wine experts, from high school students to law school professors. What they found generally was that in blind tastings most people favored cheaper wines and only sometimes wine experts favored the more expensive ones. In non-blind tastings, everyone liked wines that were more expensive. Possibly meaning you have to develop an expensive palate.

I think there are no surprises here. There is much confusion between perception and reality and expectations play a big part. Seated in a beautiful hundred-year-old restaurant, with perfect service, feather light crystal stemware, the sommelier's description of what he describes as a complex, elegant, aged for 20 years in their cellar, and very expensive; it could be white wine and most would still find it to be one of the best red wines they've had.(At one 3-star Michelin establishment in Belgium many years ago, I proclaimed that one of the wines from my pairing was corked and the sommelier went ahead even as to take everyone else's wine away. It wasn't corked and it was the distinctive earthiness that I now look for in Pinot Noirs, and usually only find in Gevery Chambertin ones. And actually, I recently did have a 25-year-old Rioja white wine that did look and taste like red wine.)

It's good to be confused like this sometimes, but maybe we should have less expectations and try to explore. And sometimes that expensive wine, might actually be really good, just as much as that smaller, unknown winery might surprise you. In Bordeaux, Frederic Gonet told us that we should explore the many lesser known chateaus for great wines, many which are not exported outside. That is where he finds interesting nectar. We all have our own individual tastes and we should look for it.

So the motto " Life is too short for cheap wine" fits only the industry promoting wine and for people who are willing to let others decide what good wine should taste like. They are turning a blind eye to exploring what their preferences might be.

Life is short. I want to explore. I want to try everything. I want to try 1 bottle of Chateau Angelus and 9 different cheaper ones from around the St. Emillion region rather than 10 bottles of what is considered by others to be one of the best. I did have an occasion with some Roosevelt Club friends while in Jiangyin City of China where 10 bottles of the Angelus were placed in front of me, along with a similar number of Opus Ones and Dom Perignions. Sadly, I think I did take a taste from each bottle, but I don't remember how they tasted.

I sometimes want to be like the German grandmother or

Chinese businessman. They know what they want and don't live by convention. They take their Riesling with sugar and red wine with Coke when they want to. Or the better analogy might be, would you rather drink DRC Romanee Conti everyday of your life or taste every single wine produced in Burgundy, or maybe a slice of every wine produced in the world.

当鸡、犬前几天还在波尔多的住处的时候，最爱的地方是那户老屋的顶楼阳台。我们被左邻右舍的楼顶与周遭建筑的美妙景色给包围着，鸡开始读了些有关葡萄酒的书。我的葡萄酒经验仅开始于十几年前，当我在新加坡工作时开始接触澳洲酒，然后在香港和上海时则喝波尔多。当时我通常直接采纳别人的推荐，并且深信那句俗话："人生苦短，不要浪费在便宜的酒上。"

这本我手上的书，是几个月前在台湾一家咖啡店里的二手书墙中买回来的。共同撰述的两位作者很明显是酒界的异端分子，他们反罗伯特·帕克、反《葡萄酒观察家》杂志（非常权威的葡萄酒评论者和机构），并且大体来说也反对昂贵的葡萄酒，至少我是这样理解的。

他们似乎有系统地对上千人进行盲品和非盲品的测试，这些受测者来自社会各阶层，从品酒新人到品酒专家，从高中生到法学院教授。他们普遍的发现是，在盲品的情况下，多数人喜好比较便宜的葡萄酒，只有那些品酒专家偶尔才会青睐昂贵的。然而在非盲品的情况下，每个人都喜欢更贵的那些酒。

我觉得这个结果一点儿也不令人吃惊，在认知和现实之间原本就存在许多差距，而如果心中已经抱有某种定见，则会更加影响你的判断。举例而言，如果在一家高级餐厅里，你身坐典雅的百年古董椅，受到非常周到而妥帖的服务，手执轻如羽毛的水晶高脚杯，一旁的侍酒师口中流出高雅的文句，向你倾诉这是一瓶复杂的、优美的、已经静躺在酒窖里 20 年的陈年老酒，以及它多么要价不菲。那我敢肯定，大多数人就算嘴里喝的是一瓶"白"葡萄酒，他们仍可能会声称这是自己喝过的最好的"红"葡萄酒之一。有关在高级餐厅里品酒的经验，让我回想起多年前，在比利时的一家米其林三星餐厅，当时我自以为搭餐红酒中有坏掉的木塞味，侍酒师只好赶紧趋前将这杯"走味的"红酒撤走，甚至也一并撤回了其他人的酒。然而现在我重新回想，当年那支酒其实一点儿也没坏，那怪味正是如今的我总在上好的黑皮诺中找寻的独特土质味，时常出现在热夫雷－尚贝坦的酒里。事实上，最近我的确尝到了一瓶 25 年的里奥哈白葡萄酒，它的味道、色泽，真的都像一瓶红酒。

偶尔像这样乐在糊涂也不坏啦，然而也许我们应该抱有较少的先入为主的期待，更多地去尝试和探索。而且有的时候，那些很贵的酒可能真的喝起来很棒，但也可能你在一家名不见经传的小酿酒厂中，试到一杯无比惊艳的酒，它们的好可能相差无几。在波尔多，弗兰德里克就建议我们，去那些比较小又价格合理的酒庄里面挖掘杰出的酒，也就是在那里，他发现了最有意思的琼浆玉露。我们每个人都有各自喜欢的那一口，我们应该寻找自己的品位。

因此，有人说"人生苦短，不该浪费在便宜的酒上"，这句话只适用于酒商把酒推销给别人的时候，或适用于人云亦云，乐于让别人为他们选择怎样的葡萄酒味道才算好的那些人。在探索自己的喜好这方面，这些盲从者宁可视而不见。生命是短暂的，我想探索，我想尝试一切。我想尝试一瓶金钟酒庄（波尔多五大一级酒庄之一）和九瓶来自圣爱美浓的周边区域的更便宜的小酒庄，而不是十瓶评价最高的酒。我曾与几位罗斯福俱乐部的友人参加过一场在中国江苏省江阴市的特殊聚会，当时场子里开了十几瓶世界顶级珍贵的葡萄酒。但很悲哀的是，当时自己虽然每一款都尝过了，但是现在却一点儿也不记得它们喝起来怎么样了。

我有时候想想，当一个德国老奶奶或是中国生意人其实也不错，至少他们很明白自己要什么，而不管别人怎么想，他们喜欢（德国老奶奶）在雷司令白酒里面加大把的砂糖，或是（中国生意人）在红酒里面调可乐。更好的问题可能是：你想要每天不变地喝 DRC 罗曼尼·康帝（世界最贵的葡萄酒，没有之一！），还是想尝尽勃艮第的每家酒庄，甚至你宁可啜遍这世界上琳琅满目、五花八门、千姿百态的各式葡萄酒？

Infinitely High Bridge and Infinitely Perfect Vision
无限高的桥和无限完美清晰的视野

One evening, while having dinner nearby at a lovely outdoor restaurant sipping a local white and then a 2007 St. Emillion Grand Cru that we bought earlier in the day, Chicken and Dog discussed their concepts of time. The high vantage points of our hotel and the restaurant, overlooking the medieval structures built into the cliff face, may have prodded these thoughts from me. And I think I've wanted to write about this, but I am a procrastinator, especially when it comes to more difficult tasks. Like putting down on paper concepts that I have in my head but not ready to be written down in a clear and coherent way that people or Chicken himself can understand. I sometimes sleep on these concepts and they do seem to get clearer with some deliberation. Procrastination may have its benefits.

Over breakfast the next day, I read an opinion piece by a

neuroscientist at Columbia university on whether someday our minds can be downloaded. I think this has been a subject of a few movies recently and a fantastic way for someone to extend cognizant life if it is ever possible. He wrote: " I certainly have my own fears of annihilation. But I also know that I had no existence for the 13.8 billion years that the universe existed before my birth, and I expect the same will be true after my death. The universe is not about me or any other individual; we come and we go as part of a much larger process. More and more I am content with this awareness. We all find our own solutions to the problem death poses. For the foreseeable future, bringing your mind back to life will not be one of them."

I don't know if I agree with the statement that the universe is not about an individual. My concept of the universe, regardless of whether I am observing things that seem to be outside of my mind or interpreting concepts that seem to have been formulated by others, whatever I think or conceive, is "my concept of the universe" . If I were to really die one day with no possibility of resurrection, my concept of the universe, of life, of death, of love, of hate, of flowers, of computers, of anything, would also die (unless of course there are infinite parallel universes that someone just like me with the same exact thoughts are being created again and again as infinity catches up with the universes' finite complexities.)

Some people may believe that time flows and what is past is past and what is the future is the future. But when we are on a bridge looking down at a river, we see to a certain degree where the river is coming from and where it is going — someone on a bridge infinitely high with infinitely perfect vision, might even see where it begins and ends, or see that there is no beginning or an end. Time is not just a point where the stray leaf lands. The past doesn't disappear and the future isn't unknown.The motions of the planets and other heavenly objects may actually look linear to the one with infinite vision rather than the irregular movements we see and the perfectly linear timeline that we observe may actually be rather irregular, or at least clumpy or jumbled together.

This doesn't mean old Chicken and spring Chicken can be the same person or that old Chicken can become spring Chicken, or vinegar will turn into a Grand Cru, but that even as time flows, the points in the past are still flowing as it has always done and that points in the future are playing out simultaneously with the past and the present. All at once, but we see only what we are able to see from the vantage point of our given finite bridge.

We never die or disappear. How could our concepts and ideas ever die ? If that were possible, everything around us would die as well. Likewise, we taste wine only for that moment, but we are able to contemplate how it would have tasted in the past or the future.

一晚，我们在住处附近的某间漂亮的户外餐厅用晚餐，口中呷着早上才买的 2007 年的圣爱美浓优级产区酒，鸡、犬讨论起自己的时间观。今晚下榻的旅馆和这个餐厅就位于此区的最高点，可以俯瞰一群贴着峭壁而建的中世纪建筑，也许它们正是触发我的思绪的原因。好吧，其实早在这之前，我就想动笔写写类似的想法了，无奈碍于自己罹患重度拖延症，特别是面对一些更复杂、难解的任务时，则发作得更严重。就像那些在脑袋里尚未成形，连鸡自己都不太了解的念头，我有时觉得自己就枕着这些异想而眠，并且自我在梦中互相讨论、辩论，这些模糊的灵感似乎也就真的因此变得更清晰了。拖延可能也有它的好处。

就在某个早餐时间，我读到了一篇由哥伦比亚大学神经科学家发表的文章，有关于是否有一天，我们的心智能够被下载，这令我再度思及死亡以及时间。我想这个"下载意识"的概念最近已经出现在几部电影里了，如果这真有可能发生，这的确是一个为某人延长他的主体意识生命的极佳方式。他写道："当然，我对于自身的毁灭感到恐惧，但我也知道，在我出生以前，宇宙已然运行了 138 亿年的时间，其中并无我的存在，并且料想在我死后，一切也会如常运作。宇宙无关我或者任何其他个体，我们来，我们去，这都是一个更加宏伟的进程中的一小部分。"我对这样的想法越来越感到慰藉，每个人都必须找到自己的方式去面对死亡的问题。即使在可预见的未来，人们也许能将你的心智再度带回人间，但那仍不是必死之躯的其中一种解套。

对于"宇宙无关个体"这个论点，我不确定是否能同意。无论眼前的事物看起来是不是真的脱离我脑海中的认知，而它们在客观上真实存在着，或者这"唯心论"是我引用别人的观点架构出来的哲学观，但我深信，自己所能感知并深信的宇宙，那都是专属于"我"而独有的。如果有一天我真的毫无复活的余地，死了，那么我自己的那些曾对宇宙间万物所兴起的概念，关于生命，关于死亡，关于爱，关于恨，关于花，关于电脑，关于所有的一切，也会随之消亡。（当然如果有限的平行宇宙同时存在，当有限的宇宙复杂性超过宇宙的无限性，而在那之中的某人就正是另外一个我，拥有一模一样的思维，会不断地被创造出来。）

有些人可能相信，随着时间的流逝，过去在过去，未来在未来。但是当我们站在一座桥上，向下望着一条河，我们可以在某种程度上看见这条河从哪里来，又往哪里去。如果有人站在一座无限高的桥上，拥有无限完美清晰的视野，他甚至能看见那条河的起源和终点，或是看到它根本无终无始。时间并不是落叶掉到河面的那一点，过去并不会消失，而未来也不是未知的。对于一个具有无限视野的人而言，地球和其他天体的运行可能就像一条河那样，具有可以轻易被观测的轨迹，而并非我们人类所观测的那样复杂。而完全线性的时间轴，实际的本质亦可能十分不规则，或至少交织成一团。

这不代表老鸡和小鸡会是同一个，或者老鸡能返老还童变成小春鸡，或是醋能变回特级酒。然而即使时间不停地流逝，在过去的点依然如以往般持续流动着，而在未来的点，也依旧被过去与现在同时冲刷成形。在此刻、过去、现在、未来全体都一个不缺地同时存在着，然而我们只能从我们所在的位置——一座高度有限的桥上，看见我们所能看到的景色。

我们从未死去或是消失。我们的理智和思维怎么可能会死去呢？如果这是真的，那环绕我们的这个世界也会随之死去。就像眼前的这口酒，我们也能同时向往它的过去与未来之味。

犬注：这个桥的比喻来自鸡、犬某次在京都的经历，两人散步在"哲学之道"，那是一条两旁树荫成盖的小径，沿着一条小溪可以一直通往银阁寺。虽然当时已是秋末，但溪畔依然有花朵缤纷绽放，花瓣和落叶不时掉落到溪水里，顺着水流，跟随我们的步伐缓缓地漂送。鸡忽然说："你看这水就像是时间一样，虽然当下的水不断流走了，但我们看着这条溪时，却觉得这条溪一点儿也没改变。"犬一听惊呆，旁边这位是孔老夫子吗？！然后向鸡解释，孔子说过类似的"逝者如斯夫，不舍昼夜"。我们讨论到，也许每个人在时间中降生，就像是一片落叶掉到河面上，然后在时间之河漂流一阵子后，最后生命的旅程结束在某个岸上。

270°

南

CHEERS TO VINEGAR

卡尔卡松与旧事

从罗卡马杜尔到塞特的路并不是直线的，走高速公路正好经过卡尔卡松城堡（Cité de Carcassonne），这个城堡是人类文化遗产之一，虽然鸡、犬只在车经过时"惊鸿一瞥"，依旧被其宏伟的规模给震惊了。卡尔卡松城堡有 2500 年的历史，首建于罗马时期，然后中世纪时变成法国与其南部王国的边界要塞，之后又被十字军挪用，因此，在各方不停地接手、增建之下，最后变成了今日的壮观景象。

卡尔卡松城堡最著名的建筑特色是它的 52 座塔楼，每座的造型都像是迪斯尼乐园里的梦幻城堡一般，小尖顶如同梅林法师戴的小帽，相当可爱、漂亮。因为曾经是重要的军事据点，整个城区都被双重城墙固若金汤地防护着。

然而，就像狐狸被小王子驯养之后，麦穗不再显得毫无意义，而随风起伏的金色麦浪总是令它想起小王子在微风里轻晃的金发。我既不是高卢人（最初卡尔卡松是一个高卢居民点），也不是偏心的联合国历史学家，这个城堡之于我，与法国其他千百个城堡的意义之所以不同，是因为它再度让我回想起那年夏天与老姨在德国，她教我们玩的有趣的桌上游戏，那游戏就叫卡尔卡松。

纸牌游戏卡尔卡松很有意思，首先均匀地混合一大堆像是地图的拼图，由桌边的两三位甚至更多的玩家一起进行，每个人轮流、随机盲取拼图，再依照上面的图案，以既定的规则共同拼凑出一片完整的区域。每片拼图的内容都略有不同，有些版块上画着城堡，有些画着道路，有些画着城墙，玩家要尽量拓展自己的道路，扩张自己的城池，同时还可用计耍诈，施展各种各样的"卑鄙"手段，去破坏别人建到一半的城堡和道路，不过自己也常常反被恶整。被攻击的那方可以靠运气和机智解套，但有时候建设就永远不能完成了。等到全部拼图都用尽，最后再依据每个人的成就来计分。犬和老姨非常有兴致地"尔虞我诈"了好几个回合，至于一副陪打相的Y，则在一边"清心寡欲"地随便玩玩。

犬和老姨一起玩游戏的历史可以追溯到很久以前，这样一算，似乎也超过15年了。高中时，在班上一群十几岁的女孩儿间，最风靡的游戏居然是打桥牌。直到现在，犬依旧认为桥牌实在太令人着迷了，拿到一把烂牌时那种抓到满手大便、万念俱灰的"堵烂"感，或是拿到一副好牌时喜形于色但又强压得意的样子。如果牌相能和自己对面的伙伴互相配合上，马上就踌躇满志、意气风发。而倒霉的时候则是和伙伴互扯后腿、两端叫嚣着，最后输牌的和其搭档各自都牢骚满腹、怨气冲天的情况也是时常有之。我们都有彼此固定的牌搭子，犬与阿锦，老姨则是与妮可。我们四个人绝对是整个高中里发扬桥牌文化的中坚分子，无论是下课、午餐、午休、放学……

犬与阿锦组通常是采取温和渐进的务实路线，赢或输都不至于太

夸张、戏剧化。而老姨和妮可组则完全相反,她们属于大破大立的基本教义派,虽然偶有大满贯,但她们两人经常无视搭档的暗示、明示,任性地想要"强扭果实",令另一方直想把牌怒掷在地上。不过也从来没听说过她们就此愤而不玩的,不管有多生气,两人吵完之后,中午吃饭时总是共分同一个便当。

某次我们"桥牌四超人"又在午休时间偷打牌,结果被全校唯一一位女教官(由于她小腹巨大又被称为"小妇人")抓到训导处去一顿骂,还有更甚者,由于当时犬获选担任班上的风纪股长,理应负责维持秩序,但是由于自身就是班上的乱源,所以风纪股长的工作从未实践过。

"小妇人"教官红颜一怒,小腹一挺,把这捉来的四个小兔崽子每人记了一次小过,犬妈得知大惊,还特地风尘仆仆地从家乡新竹奔赴台北学校,来了解究竟这孩子闯了什么大祸(其实不过就是打打牌而已嘛,因为穷所以连钱也没赌啊!犬回答,耸肩),结果连可怜的妈妈也惨遭"小妇人"的训示。由于已经放弃犬这个逆竖,犬妈从训导处离开前,连话也懒得说。

妮可说:"高中没被记过就不是青春啊!我们这样打打闹闹地度过了很多有趣的时光,消磨了不少的精力和脑力,也排解了不少青春期的苦闷。一眨眼,从前那些教官老师眼中的熊孩子、轻狂的少女、少年,现在也都为人父母、事业有成了,时间从不会跳过任何一个人,不过在回忆里,这些老朋友倒是从未改变过。

犬一面回想过去的时光，一面告诉鸡这些好笑的事，就这样，两人开着开着终于看到了一大片蔚蓝色的海洋以及超级耀眼的阳光，前方就是地中海！鸡、犬跟着车流，马路逐渐变窄、变小，路边的房子也慢慢多了起来，我们终于抵达塞特。

塞特又被称作法国的小威尼斯，是法国最大的渔港，过去有很多意大利的移民来此地定居，也难怪将岛上的建筑风格赋予了不少威尼斯的美感。这里不像坎城、尼斯那样国际驰名、充斥外地游客，也不是马赛那样巨型的大都会规模，塞特看起来就是一个熙来攘往的热闹小港。

炽热的太阳把人们蒸得双颊发红、额头汗珠晶亮。这里的人的长相跟波尔多人不太一样，五官和肤色都更深，肢体的动作夸张、复杂，语音和笑声都很响亮，讲西班牙和意大利语更多，带有浓浓的地中海气质。街头每个人都忙碌着自己充实的小日子，谁也没有工夫去理会我们这些游客的好奇眼神。市场上的贩子和买菜的老太太们，扯开嗓门儿激烈地辩着菜价；渔船上的渔夫在烈日底下全然投入，整理着渔网等器材；行人气急败坏又习以为常地追赶着公交车；公交车们则是忙着横冲直撞，与其他一大堆小客车、摩托车把岛上的窄马路给挤得水泄不通。塞特就是这样的城市——有点儿乱糟糟却又充满生命力，自然、不做作。

到了下榻的酒店，一切都安顿得差不多之后，我们就沿着运河一路步行到出海口。难以想象我们上午还在罗卡马杜尔的山城里锻炼僵尸走路法，这时候却身在一个美丽、热情的港口。一阵阵咸咸的温暖海风，无论是吹在脸上还是吹在身上，都带不走一丝闷在皮肤底下的汗意，而是增添了更多的湿热气息。

傍晚的太阳还没西下，阳光依旧火辣而耀眼。近处的水道运河边上，快艇渔船一艘接着一艘，紧密地并排停泊着，水上的两支白色小船的队伍依次排开，就像岸边缀着两排巨大的钢琴键盘。此时，粉红色、粉橘色的余晖正爬上陆上两岸的典雅建筑的墙面，把窗户玻璃照得金光闪闪。天空中有许多海鸟在盘旋逡巡，它们轻轻巧巧却又急急忙忙地四处追着一些隐形的昆虫，有时一头栽进水里，有时干脆停在岸上，看起来出奇巨大又笨拙地守候在卸货的渔夫或走神儿的游客附近，琢磨着能不能捡到便宜。于是这些船、房、鸟在深色的运河水面上组成复杂、华丽的倒影。

02　一只淡菜泯恩仇

鸡在网络上发现了一家刚好位于塞特的远近驰名的海鲜店，专卖这个港口的特色产品——质量最好的贝壳类海鲜，包括淡菜、生蚝以及各种蛙、蛤、蜗牛，但是我们在港边绕来绕去就是找不到地方。最后只好回酒店，一问才得知由于老店历史太久，今年休业一整年，专做内部装修。由于某种不可解释的原因，鸡、犬在法国的"生蚝运"

一直非常背。在波尔多，市中心那家生蚝龙舟不好吃，加上犬在发脾气，两人更是食不知味；去苏拉克，整个镇周末 off season（淡季）全关，而且也错过阿卡雄；来到圣爱美浓，午餐时间才刚过去两分钟，那家 oyster boy 直接把我们拒在门口，虽然里面依旧人潮汹涌；最后来到牡蛎圣地塞特，居然又碰到海鲜店装潢一整年这种奇事。

鸡、犬听闻了这个噩耗，除了不停翻白眼之外，只好赶快向酒店内的大婶们求救，哪里还有专吃好蚌蚌的餐厅能推荐给我们。她们交头接耳了一番，同样也是很讲义气地帮我们打了几通电话，确认餐厅今天在营业，写了店名给我们，这下终于能够去吃一顿了。

到了餐厅，鸡、犬已无心研究菜单，干脆直接点了一份双人餐，包括招牌海鲜拼盘和一瓶白葡萄酒。我们打开冰凉的葡萄酒，优哉游哉地消暑等待，结果上餐时鸡、犬都惊呆了：侍者像是在踩高跷一样，小心翼翼地维持平衡，仿佛蚌蚌托塔天王，捧来了一丛像是婚礼专用的蛋糕结构拼盘，我们不如就称它为"18 层甲壳蚌贝天国飞盘"吧（其实只有两层）。顶层是两只有着大螯的火红龙虾，它们高高在上，像总统竞选人站在造势大会的舞台上一样，举着右手的巨螯，向选民们拜早年，而旁边同台的幕僚团队，则是几只蜷着身体，与龙虾头子一并鞠躬哈腰的橘色大明虾，它们仿佛是竞选办公室主任、村长，还有网络青年军团团长之类的一行人。舞台底下则是站满了群众，也就是一只只刚刚打开、最新鲜而有弹性的贝类——淡菜、生蚝，还有各种蜗牛和蛤蜊，它们全都向上仰着头，举着漂亮湿润的小脸庞，被大龙

虾的风范感动得热泪盈眶，闪烁着晶莹剔透的、从海洋直达餐桌的清爽光泽。

在塞特，最让我们惊异的则是淡菜（贻贝的一种，或名青口）。

不用说，蒸好、煮熟的淡菜十分美味，而且由于淡菜不像蛤仔一样住在沙里，口感总是令人愉悦而干净，不会一咬下去满口沙，你都搞不清楚自己是在吃沙还是吃饭。另外，蒸熟的淡菜颜色也令人充满食欲，鲜艳的橘黄色总让我联想到蟹黄或咸蛋黄等好物。然而，"生"淡菜跟它们令人愉悦的"熟"淡菜兄弟就像是网络上爱自拍的小妞的妆前与妆后、美图前与美图后一样，完全是两个概念。

生淡菜有着铁橘色外加一点儿灰黑色，它像胖子在夏天里就算坐着不动也一直汩汩出汗那样，渗着水躺在自己的壳里。刚开始入口不腥，甚至还觉得挺鲜甜的，有点儿像生蚝的加强版，富有核果香味和海鲜的矿物味。当咀嚼两三次吞下肚后，忽然之间，鸡、犬同时感到汗毛直立，类似吃黄连般喉头一阵回苦，舌根顿生一股暗黑而阴森的苦味，就像是有一只摄魂怪正沿着悲情的食道爬出来一样。

我们不可置信地大口连灌数升酒水，等到失了魂的味蕾终于缓和过来之后，鸡、犬不死心地再度尝试，这次却爬出了十只摄魂怪！我们两人无语问苍天地暗自叫苦，愁眉不展地坐在阴影里，头上一共二十只"生蛤摄魂怪"，就这样乌云罩顶地盘旋在我们的"蚌贝天国飞盘"上。最后鸡、犬总算是找到了它的吃法，就是掰一片黑麦酸面包，抹一团咸奶油，上置生淡菜，面包的酸味以及香咸的奶油才平衡了那种可比活见鬼的苦味。

鸡、犬最后放弃尝试，直接把剩下的生淡菜以极高的敬意留在角落，鸡的结论是："这家店一定是为了要炫耀说：'尼坎坎，尼坎坎！我们家海鲜多新鲜，连淡菜也能生吃！'"

顺便一提，不只是生淡菜吃起来味道怪模怪样的，处理活淡菜更是令人心惊肉跳。首先要把每只的外壳都先刷洗一下，不知为何，海生物的秽物本身看起来就格外恶心，我光是刷洗那些奇形怪状的附着物就觉得手脚发软。然后再鼓起勇气，把所有的蛮力及念力都灌注在指尖两点，使劲儿将淡菜的毛发连根拔除。天知道那些淡菜究竟为何都必长着一丛坚韧不拔的毛，拔到最后，我的手指已经接近脱力，只能心怀一种念头："洗完这锅贝，我应该就能顺利练成绝世铁砂指了吧！"（但谁也不知道我练这招到底要干吗。）而另一方面，我更害怕"邪恶"的淡菜干脆"宁为玉碎，不拔一毛"，直接使出自爆贱招，顺道再插断我另外一根手指的神经之类的……所以手也不敢握太紧，怕把壳给压破了。某次我猛力一扯，结果毛是出来了，但那个瞬间，毛根和一坨湿湿黏黏、稀稀烂烂的活贝肉也被扯出来半截，并且以飞快的速度"啪"的一声差点儿就激射到我的脸上。我被这个突如其来的"破蛤肉荡剑式"给吓得登时魂飞魄散、号叫不已，马上把手里的蚝毛一扔就狼狈逃跑了。

隔天早晨我们在旅馆后面发现了一个热闹无比且看上去无边无际的巨大菜市场，卖着各种水果、农产、香料、熟食、蛋糕以及服装，我们正看得眼花缭乱之际，直接锁定了路边一摊西班牙式炖饭。

大妈、大爷很豪迈地直接祭出三大口像铁板烧似的黑铁浅锅，二话不说，他们来到这儿就只卖这三锅，卖完就没有了。鸡、犬慧眼看出他们的来势不俗，当场也是二话不说，立马加入购买队列，并且失心疯般三样都买了：番红花海鲜三重奏（巨虾、淡菜、乌贼）、羊鸡肉蔬菜杂炖（闻起来实在是太香了，无法不买）、牛肉丸腊肠斜管面（香肠和肉丸的白金不败组合）。

鸡、犬手捧三大盒菜回酒店之后，居然一口气全吃光了。我们一方面感到激情暴食过后的负罪感，一方面又因为完全解除了"炖饭失心疯"之窘迫而无比畅快，总之是十分心满意足。鸡、犬挺着肚子继续上路，跟随着塞特市区里被艺术家创作（恶搞）的路标，我们回头沿着地中海从小岛离去。

.03 尼姆

告别了与淡菜的恩怨情仇之地，鸡、犬油门儿一踩，头也不回地离开了赛特。地中海深蓝色的海水点缀着银色发亮刺眼的点点阳光，一路跟在我们右手边。经过沿海小城镇低浅开阔的湿地，与骑自行车的人并肩，就这样来到了尼姆（Nimes）。尼姆的名称取自罗马的泉水精灵，由此可以得知这个城市非常古老，远至罗马时代就已存在，城市里有许多古罗马的遗迹，最著名的就是圆形的斗兽场，当然也都被列入人类文化遗产（人类文化遗产已哭，觉得自己在法国怎么满地都是，实在是太不值钱了）。另外，老城里到处都有奇妙的喷泉，在热辣辣的阳光底下走走、逛逛，从地下井汲水泼泼手、脸，好玩儿又清凉。

尼姆虽不大，却是鸡、犬在法国最喜欢的城市之一，这儿保留着相当闲适的生活气氛，但同时也热闹繁荣，商家林立，游客如织，是南法加尔省最大的城市。

有关尼姆的趣味小知识：尼姆在 17—19 世纪是丝织重镇，并且生产一种特别的棉帆布，牛仔裁缝师 Levi-Strauss 发现这种布料耐脏、耐磨、耐洗，于是就把它拿来作为西部拓荒者和农夫的工作裤，从此名声大噪。一开始这种布料就是以"来自尼姆 De Nimes"挂出品牌，所以猜到了吗？它就是"单宁布 Denim"。到此终于揭晓谜底啦，这跟红酒里的单宁和话题终结者丹尼都不同哦！

因为今晚预计的落脚地阿维尼翁就在不远处，不需要急忙赶路，刚好车行至尼姆，于是就停下来散散步，喝杯咖啡，看看斗兽场。

车停妥后，我们就在老城散步，欧洲的咖啡文化真是挺奇妙的，虽然已经很习惯了，但偶尔还是感到很有趣，明明只是店家在外面撑了几把伞，桌椅也不怎么漂亮，却能吸引一堆人坐在广场中间——就算热得满头汗。犬就是这样，从远方就死盯着那个人头攒动的三角形小广场，像是指南针被南、北极吸引一样，一路扯着鸡指着："你看你看，好多人在那边，我们也去咖啡厅坐一下。"结果才迈开两步，就一脚踢到一截用以禁止汽车进入的低矮铁桩，小腿骨顿时磕破了一个洞，血马上从皮里钻出来了。

鸡感到相当无语，因为这是犬在路上时常上演的闹剧，不是踢到东西、掉到坑里，就是被绊倒，最夸张的一次是我们骑自行车去韩国南部的丽水市，那里是 2012 年万国博览会的举办地点，林立了一群造型前卫的建筑。由于博览会园区里不让脚踏车进入，所以我们只好沿着外围绕行。我边骑边充满兴致与好奇地向里面望着，那些奇形怪状的建筑物真是让人越看越不懂。

大概当时犬脑中的疑惑已经超载，智商也逼近单细胞生物的极限，结果还没明白过来鸡为何忽然在身后大喝一声，那个瞬间自己就已经不偏不倚地撞到一棵树上，冲力之猛让后轮一抬就连人带车地打了个转儿翻倒在地。一旁两位园区的警卫正好目睹了这幕，本能地同时"扑哧"一声笑出来，搞不好其中一个还真的把嘴里的水也喷出来了，反正这整个"傻子撞树导致路人喷水"的画面简直就如同一段最低俗、老套的情景秀。虽然他们很快就好心地冲了过来，问候眼冒金星、在地上打滚的我，但从他们的表情里依旧可以看出，实在不能相信自己惊见真人版卓别林，活生生演了段儿像是卡通般荒谬的闹剧！

　　所以，跟撞树、打滚、倒在地上相比，磕破皮的小皮肉伤实在算不上什么，所以鸡、犬就装作没事，坐下喝了一杯咖啡。之后继续在尼姆老城里到处走动，这里就像是一个复古主题的露天商场，有很多首饰店、服装店和药妆店之类的商家。

　　路上走的行人手提 Zara 或 H&M，鸡、犬向路人询问古代竞技场的方向，对方漫不经心地随手一指，那是一条窄小而不起眼儿的过道儿，看起来平凡无奇，无异于一条阴暗的后巷，说："喏，就那条路。"

　　虽然心中充满疑窦，然而我们一穿过小路，就发现竞技场高大巍峨地耸立在前方。那画面让犬心中一震，建筑本身固然壮观，但更奇特的是目睹瞬间时空穿越的超现实冲击感，让人觉得真不可思议。对犬而言，这样的一个建筑物顺理成章地成为神鬼战士之类的古装电影里的氛围，你在电影院里看它出现在银幕上很正常，然而它和你在路边撞见一群老太太在跳广场舞这种在普通生活中随处可见的场景又完全不同。

　　而且就算是在现实中，如此伟大的遗迹也应该像金字塔耸立在沙漠里或像长城绵延在郊外，你需要花精力去接近它，而它也为了显示自己不属于这个世界，在一个遥远空旷的地方遗世独立。人们则一路上准备好了类似去参拜的心境，到达后惊叹几声，拍拍照，听听导游的讲解，然后再搭车回到日常的现代生活，打开空调，看电视，刷刷脸书（Facebook），这些所谓历史的概念在放进相簿里之后，就与自己毫不相关了。

但是在这里，人们坐在附近喝咖啡，看书、报纸，顺便用macbook air 发邮件；服务生穿巡每桌斟酒添水；西装笔挺的路人快步经过，他戴着蓝牙耳机，仿佛在对着空气自言自语般地讲电话；少女们则把金发扎在头顶正中央，顶着像全真派道士的发型（我也不知为何外国女孩喜欢把头发绑成那样），穿着当季流行的荧光色挖背衫，在 Instagram 转发小贾斯汀最新的照片。然而这一切庸碌人群的背景，则是一个沉默的、肃穆的、巨大的、两千年前的竞技场，它目睹过无数起落生灭，却依然矗立在原地，属于一个远古的、已逝却充满光辉的文明。

犬出生和成长在台湾；真的很难想象欧洲人的世界观，他们是怎样把自己摩登的公寓和古老的历史遗迹同时定位于心里的呢？而欧洲人又是如何将此刻的人生和数千年前的时间串联起来的？

虽说以前在念书的时候，犬也必须要学习历史，然而课本中的历史与台湾人，却是以神秘不可解的复杂关系彼此联系的。某些人可能主张岛上的人群是一直生活在这里的，此命题本身已完全不合乎逻辑，人怎么可能从虚无中凭空出现？扩大来想，也许因为科技和文明的进步，这个世界上所有的当代思潮氛围都正在从旧时归依的、特定的、同质的、封闭的、大陆型的群体，逐渐迁移到游离的、不特定的、异质的、开放的、岛型的个体或小众。

如果今天没有选择，我也只好像中世纪的农民一样，世世代代地盖着一座壮观并可永久流传的教堂，但我们必须注意到，这是在"没有选择"的前提之下。如果真能有足够理性的判断力与自由去选择，谁会想要去做那样并非出自己愿的事情，像只工蚁一样，为了蚁后发布的一个命令，耗尽自己的一生呢？每个人都有自己的梦想以及怎么重复都不会厌倦的喜好，如果能以此为业，那真是很幸福。

以前在修习教育学的时候，有一派理论认为孩子的成长像是养盆栽，你总是需要一直给生长中的植物绑着铁丝，这下绑这里，那下绑那里，这样才会把它定型成你想要的形状。所以很多父母就焦虑，怎么我家孩子没能从五岁起就说英文，怎么他不会弹钢琴、拉小提琴，怎么没有考上最好的大学，怎么没有进国企领高薪？最好是孩子满足了自己全部的期望，孩子才算有出息。

这些期望就是这整个社会给树苗的铁丝，绑成这样那样，每个人才峥嵘了，出头了。然而犬却认为，成长不是盆栽，而是种花。对于花，你不期待它何时会开，但你愿意给它阳光，给它雨水，冬天时不要冻着，夏天时稍微遮阳，给它支持和信任。这一切虽然耗费时间与精力，但你知道，只要每个条件对了，它自然会展现出最真实的自己，它或许会开花，或许不会，但是它照样美丽。盆栽怎么看都是棵迷你版的黄山迎客松（盆栽大人不要追打我），但是花却千姿百态。人生短暂，我宁可成为一朵独一无二的花，一时灿烂，也不想变成万古不变的无聊迎客松。

严肃的话题说完了，也该把尼姆总结一下了。竞技场十分壮观，这是法国境内唯一的一座罗马竞技场，被保护得很完整，直到现在依然作为活动场地使用，例如奔牛节的表演或摇滚音乐会，都会在这里举行。我们绕了一圈儿，由于阳光实在太毒辣，鸡、犬双双被蒸得头晕目眩，滨海苏拉克的阴冷、萧条和罗卡马杜尔山间的徐徐凉风，早就已经被南部的高温取代。

于是两人再度启程，其实主要是逃避，到车上把冷气开到最大。原本要去看嘉德水道桥，那是罗马人将远方的河水引入城里的工程设施，但是两个人门票的26欧元加上停车费5欧元，小气鸡、犬实在是手软花不下去，所以我们放弃探究古遗迹，掉头直往阿维尼翁。没想到离开售票处不久，半途中居然远远瞥见了水道桥的倩影，惊讶之余也有点儿捡到宝的窃喜，庆幸这段绕路不虚此行。然而真正让犬有些许遗憾的，却是在距离遗迹不远的下游处，有许多人跟我们一样受不了高温，干脆脱了衣服在河里游泳，看起来无限快活又清凉，峡谷两边绿树茂密，河面开阔清丽，在这么漂亮的世界里戏水真是万分惬意。如果下次再来尼姆，那个小河湾才真是我最想去的地方。

05

阿维尼翁鸡、犬

终于来到了阿维尼翁。

阿维尼翁仍然保留着古老的城墙，从外面能看见一个封闭的石造墙垛和堡垒结构。城市依河而建，跨过护城河上的石桥后，就正式进入了老城区。一进城区，交通马上变得极度拥挤，道路和房舍的规模都维持着原样，并未因为现代汽车的形式而拓宽，只有几条干道用柏油平整铺设，其他所有的人、车都挤在超级狭窄的石砖铺的路面上，许多小道更是只能容一台小车通过，所以四处都是复杂的单行道，如果错过了正确的拐弯处，或是稍一犹豫不决（比如我们不停错过城中的小旅馆），就会被歇斯底里的交

通警察吹尖哨驱赶，我们只好无奈地像无头苍蝇一样，在整个老城中的大街小巷里钻个半天，循着没头没脑的单行道路标，绕好大一圈儿回到原地。

对于学美术的人来说，"阿维尼翁"这个词最如雷贯耳的出处应该是毕加索那张奇形怪状的《阿维尼翁少女》了吧，所以犬起初非常兴奋地想着："哇，终于要去这个传说中的城市了！"结果一查才解开了自己毕生的疑团，原来《阿维尼翁少女》是毕加索在西班牙巴塞罗那时常常造访的一条妓女街"阿维尼翁"，所以他在画中才画了路边一字排开的形形色色的裸女，她们搔首弄姿，瞪着大眼睛对着来者瞧，总之跟法国的阿维尼翁一点儿关系也没有。

不过虽然这误会缘自犬的无知，但是如果说阿维尼翁带给人一种欢愉而放浪的印象，那也算不上错。每个夏天都在此举办的阿维尼翁戏剧节是全法国最古老同时也是世界上最大的戏剧节之一。从七月上旬到八月，会整整热闹四个星期的时间，到处都有大型戏剧、小剧场和来自各地的艺术家。他们直接在街头使出浑身解数热闹演出，举城人声鼎沸、灯红酒绿。

鸡、犬到那里时并非在节日期间，但由于城市知名度高，观光客和各路人马依旧把马路和人行道都塞得满满的。记得第一次来欧洲的时候，犬在柏林第一次见到那些吉普赛人，觉得很新鲜，然而现在年纪渐长，略知人心险恶，加上人老了就爱挑三拣四，对于人满为患的观光胜地，光是走个路都得不停地躲避行动轨迹飘忽的路人，还要对那些猥琐地靠近，不知道是想讨钱还是想扒包的可疑人保持警惕，对这些实在感到提心吊胆地心烦。

我们在住处稍微休息，平息一下因为溽暑与喧嚣所引发的烦躁情绪，稍微整顿之后，傍晚再度出门去老城里散步。可能是傍晚阳光不再炽热、刺眼，我们渐渐习惯了熙熙攘攘的人群。

老城其实很漂亮，有种开朗、豪爽的气质。跟波尔多典雅精致或是尼姆中产阶级的感觉都不同，阿维尼翁仿佛带有一种流浪艺术家般的不拘小节与洒脱。在路上，很奇怪人人都无来由地洋溢着一股兴高采烈的表情，连最脏兮兮的流浪汉看起来也好像觉得自己跻身街头很幸福。就在这一片欢声笑语中，鸡、犬走着走着，心中的嫌恶也慢慢不自主地释然了，这才让我们逐渐看出阿维尼翁本身的独特性格。

穿过两边都是咖啡座和餐厅的民众广场，我们走到了另外一片更为开放、宽敞的广场，后面矗立着一座极为壮观，既像城堡又像教堂的建筑，这里是阿维尼翁教皇宫。接下来快速地提一下有关阿维尼翁的宗教背景，原来在14世纪的时候，在70年的时间里，阿维尼翁有一个天主教教廷与当时的罗马教廷并存。之所以会有两个教廷，是因为当时的法国国王和教宗争夺权力和财产，结果法国人就派军去罗马，把教宗给活活打死了，在阿维尼翁自立了一个教皇和教廷。犬读到这段血腥的历史时觉得真讽刺，历史只是证明了政治和宗教最后也不外乎为了最世俗的东西而斗争，人们以为值得自己仰望和追寻的那些最伟大的领袖或心灵导师，似乎也跟凡夫俗子没有两样，不，他们可能更残忍、更野蛮。

那么教皇宫是做什么的呢？原来它就是教皇住的地方，就像美国总统住在白宫里一样。里面有各种厅室、房间，比如大礼拜堂、宴会厅、教皇的书房或寝室、管家用人房，还有守门的哨兵防御的塔楼，最后最重要的——教廷的金库！

犬只觉得，每天都睡在办公室旁边的巨额财产上面，身为一位教皇，想要半夜睡得安稳，想必气场也要够强、八字也要够硬才有办法挺得住。整栋方方正正、几何形的建筑，外墙有许多拱状结构，其间还穿插着细、窄、高的塔楼，看起来十分古朴。这时候夕阳已经西下了，发出玫瑰金色的光泽，把皇宫米色的大理石墙面先染成了橘黄色，然后随时间转成柔和得像花瓣的粉红色。对比石块的阴影处略被天空透明的蓝色渗入的紫色，整栋建筑的色彩都仿佛在夕阳中逐渐融化而变得柔软，变得无比温暖，让人心生慰藉，感到安慰。仿佛所有的悲伤都可以忘却，所有的失落都被寻回，孤独的人能得到依靠，思念的人可以得到回应。

在一座最高的尖塔顶端，有一座天使的金色塑像，手指着夕阳。那尊雕像就在这样的一种幸福色晕中，姿态坚定而平和，高高地立在辽阔无云的天空下，闪烁着光。如果说宗教真能有抚慰灵魂的力量，那么，我觉得也是透过眼睛看到这么美丽的一幕而完成的。

06

西拉"二见钟情"

隆河谷地对一般人而言不如波尔多和勃艮第那样如雷贯耳，但是现在也算是鸡、犬喜爱的区域，我们钟情它的亲切，以前以出产一般的法国餐酒为大宗，所以酒的特点是好喝、易饮、价格友善。隆河谷地南从尼姆、阿维尼翁，北至里昂，葡萄园就位于窄窄小小的陡峭河谷边上，跟梅多克那样大块大块的低矮平地很不一样。由于隆河颇长，这个产区由于南北气候不同导致葡萄的使用也不同。说到隆河，绝不会被忽略的葡萄品种当然是西拉。

犬喝红酒是从卡本内沙维翁入门，然而直到今日，我还是不太确定自己是不是喜欢这款葡萄。西拉带给我的情感经历则很不同，自从犬开始学会辨认这种葡萄之后，有好一阵子最爱的就是它。西拉的果皮和果肉都大而厚，所以酒体的颜色非常深而黑，味道也十分强烈而独特，反而葡萄酒本身的水果和浆果气息偏少，带有巧克力的微苦和黑胡椒的辛辣。

此外，除了法国的隆河产区，澳洲的西拉更是普遍驰名。犬当时对西拉的刻板印象就是新世界葡萄酒的模范：又甜又浓、香料味道极浓厚的一款好入口的酒。然而看到此处，小伙伴们也许会质疑，这算得上哪门子的好酒概念啊？如果只是这种低级的要求，那直接拿一瓶

五粮液调到葡萄汁里，不也是"又甜又浓好入口嘛"！这样的抨击完全没错，所以在犬稍微成长了一点儿之后，西拉反而被自己摈弃了，因为我嗤之以鼻地轻视它太乐天、太简单了，现在想想犬实在显得有点儿肤浅了。

结果事实证明，这不是一个公平的评价。是的，"便宜的"新世界红酒之所以讨喜，是因为它们被设计和酿造的出发点就是让品酒白丁都能够欣赏。而且这类酒不需要耗费五年、十年的等待来确保适当的时间让酒中的各种味道软化、交融。它呢，本身就像是容易开瓶的旋转盖饮料，随时随地都即开即饮，享用欢乐和美味，没有必要推延。

这样的初衷并没有错，谁规定只有专家或是格调够高才能去享用葡萄酒呢？况且澳洲的确也是西拉葡萄的乐土，随随便便都长得很旺盛。所以，酒厂顺应它的宜人性情以之示人也是很合理的。

至于隆河谷地的西拉，少了对它甜美浓郁的强调，法国酒更注重的是平衡感。在香甜、辛辣的同时，还能尝到酒中的单宁涩味和酸度。坐在阿维尼翁午后微热的拥挤小广场上，这杯触在指尖微凉的酒，则给舌尖带来胡椒香料的刺激，品起来像是焦糖那样甜中透苦。它的气味散发着树脂般浓重的醇酯类热带水果香气，五官都酝酿在缤纷的气氛中，手中这杯葡萄酒显露出一种曼妙的深度，鸡、犬都觉得无限梦幻又意外惊艳，这大概可以称作与西拉的"二见钟情"吧。

（注：说起澳洲的西拉，它虽然有其浅薄的一面，但并不代表它就只像芭比娃娃那样没有灵魂。在法国行之后，鸡、犬又去了趟澳洲，这回真的是去一探澳洲葡萄酒的真面目。那趟旅行令我们两人彻头彻尾地检讨了自己的自以为是与无知，我们对澳洲葡萄酒的多样性充满惊异，并感到深深的抱歉，自己恐怕完全误解了西拉。）

我们尝到了最典型的大部头西拉，深黑如墨的酒体，一开瓶就涌出一股浓郁的李子巧克力糖浆味，又仿佛伴随着薄荷精油的味道，一股微带辛辣的酒精感直冲脑门儿。鸡、犬也尝到所谓巴罗莎谷地世纪年份的西拉，果香淡去，带有很多烟熏、八角、仙草等草本的味道，酸度可口，酒体细致紧实，毫不粗暴、松散。还有大厂的陈年西拉，结果像是炖肉汁加甜冬瓜泥。另外，将西拉与维欧涅（Viognier）混合，芬芳香甜的味道甜在心间，与恋爱中的红樱桃汁相似度高达80%，虽然这是从隆河来的调配方法，但犬是首次正经地被引介。所以说，只有肤浅的心灵，没有肤浅的葡萄酒，西拉与犬就是很好的例子。

07　在洞窟里

离开阿维尼翁，我们继续沿着隆河往北，要去肖维岩洞（La Grotte Chauvet）看史前壁画！

要说起肖维的故事就要先说说它的"学长"拉斯科岩洞（Grotte de Lascaux）的经历。拉斯科岩洞可以说是大名鼎鼎，我记得贡布里希《艺术的故事》，开宗明义的第一章就是从拉斯科的洞穴壁画开始。这个洞穴是被发现得最早的，自 1940 年被众所周知之后，就开放给游客参观，直到 60 年代才被封起保护，即使这样，拉斯科的壁画上还是出现了菌斑，落入濒危的险境。同时，法国政府也为了响应来自世界各地的游客群，80 年代时就在旁边重建了一个完全仿真的洞穴，以供游人参观。

有鉴于前辈这么惨烈，迟于 1994 年才首度被发现的肖维岩洞，一发现就被法国政府保护起来。为尽量保护洞窟的原始条件，每年只允许六十名科学家、考古学家进入。近年，肖维岩洞已被列为世界文化遗产，法国政府应大众参观的要求，参考了拉斯科"前辈"的心酸历程，也在旁边建立了一栋一模一样的精致洞窟，让世人参观、游览。

虽然肖维岩洞的名声并不如拉斯科那么响亮，但是面积却比它大了三倍，曲曲折折约有八百米那么长，而且经过年代的鉴定，肖维岩洞是目前出现最早的壁画，时间可推至旧石器时代。

即使要参观复制的洞穴，也不是随随便便，想去就能去的。要参观必须先上网登记参观的时段，每个时段都只限十五个人入内，一天共十个时段。鸡、犬两个人傻乎乎地以为反正到了再买票就好，看着GPS，却又在附近的村庄迷失，最后我们跑到旅客中心一问，才得知不预约无法进场的规则。还好旅客中心的法国女孩非常热心，先是借我Wi-Fi联网，然后又帮我预约，之后还让我刷卡买票，最后鸡、犬总算"吊车尾"挤进今日最末的场次。

整个参观地坐落在荒郊野外的山坡上，我们的小 smart 以龟速行进，奋力向上蠕动，一度呈现"牛喘吁吁"快要咽气的窘态。不过等到了顶上，视线一开，除去博物馆园区里的三大栋建筑，其他地方都覆满了大片的树林，其间穿插着瞭望亭，从上方向远方眺望，山丘层叠、绵延，景色非常宁静、优美。

距离参观时间还有一会儿，我们就去了旁边的文物博物馆里躲太阳。一进馆内就先在一间小放映厅中入座，观赏一段微电影，这是一段生动的 3D 纪录片，模拟第一位史前人类在采集、捕猎的生活中首次在壁上画下了第一笔。影片在进入高潮时戛然而止，灯光再度亮起，影院的后门打开，我们随之走进了一条甬道，两旁都是大型的、等比例还原的史前生物模型，有剑齿虎、大麋鹿、猛犸象的标本以及旧石器时代原始人的蜡像。除此之外，还有不少文献资料展示，肖维岩洞原先的位置是在一个接近小河谷的山丘上，多样考古遗物在这个不大的区域中星罗棋布，有些是骨头堆之类的墓葬，有些是鱼骨磨成的针、火山岩石制成斧和刀、泥质容器等，另外还有其他同时代生物的化石痕迹。这些考古资料十分有意思，让人可以推测当时人类生活的状态，鸡、犬看得津津有味。

终于轮到我们入场了，一群人跟着导游一起搭乘电梯深入地底。必须承认，鸡、犬当时并不知道这是个复制的洞窟，但那也无损自己深深被震慑的心情。洞窟很深，是一个蜿蜒的石灰岩洞，顶上有滴落的钟乳石，地下也分布着一截截像笋子的石笋，以及相接成一气的一根根石柱。洞窟是种与日常经验完全异样的场域，可能是反常的灯光照明以及温度、湿度的改变，也可能是声音在这里有不同的传递和折返，还可能是被洞窟吞噬、活埋的恐惧与兴奋，因此，人一旦深入洞窟了，就仿佛产生一步步越来越远离现实之感，向下、向内来到理性与幻象的边界。在这里，我可以见到柏拉图的洞穴比喻是如何产生的，因为的的确确，在暗处移动的血肉之躯与他们投下的颤动黑影，与石窟曲折、参差的阴暗处，与魑魅之形，与脑海中思维翻飞的掠影，它们彼此之间的交界已全然模糊。你不曾有春暖花开、庄周梦蝶的优美联想，但你觉得自己就是鬼，形体并不存在，只有一个意识悬浮并滋长在黑暗里头。

导游的声音将人从异想中拉回眼前，一行人踏上洞穴中已经架好、步行的栈道，循着道路，行在阴暗潮湿冷飕飕的地底洞穴里。如果一行人的进度已经达到某个值得观察的区域，此处灯光就会依感应点着，把墙上的壁画相应打亮。

这段行走和探访极神秘而迷人，仿佛自身可以完全地踏在那位（那些）史前人类艺术家的精神和步伐之上，每幅壁画都展示了他们一步一步思索的进程。第一幅壁画是一个单独反白的手印，据手掌大小和手指比例推断，应该是位男性，他把手贴在墙壁上，然后用自己从洞外携带进来的红土粉，向墙上一吹，于是就出现了一个手掌的形状。再走几步后的第二幅壁画，仿佛忽然之间整面墙上都布满了密密麻麻的手印，那些手印有大有小，有些依旧泛白，有些则是直接蘸色料印上。接下来是几笔有点儿简单而抽象的线条，只有在某个细节里，显示了他们想要画出一个形状的意图，然后就开始了，有水牛、鹿、长毛象，还有一些像文字一样代表人类的符号，但是那些人形符号的简略，与艺术家追求动物造型的具象、写实相比，显得并不多花费心思的样子。

在那些动物的描绘变得越来越远离图像化，并且掌握得越来越精准和写实的同时，他们开始画豹、狮那样的掠食者。那些豹子的侧面还有它们身体的姿态，都饱含了无比大的动能和力量，它们身上的斑点、骨头和肌肉的线条全都恰当且准确，他们甚至连那些掠食者的神情都表现出来了，他们把有些掠食者和猎物交杂在一起，变成有点儿像是立体派的样子，把个体的造型打散、解构。有些时候，他们则重复地画着一样的肢体或类似的形状，每次重绘之间只有一点点差异，像是小时候我们在书页上手绘动画那样，每页之间只有些微的差异，但一翻动就会看见动态。因此有些人认为，这种画绘制在闪烁的火炬里，使那些动物显得飘飘欲动了起来。然而在我眼中，却更像是那些史前人类在做练习，每笔他都在思考下一笔要怎样画得更好、更传神。最后洞窟在一幅四米长的大壁画前，像是所有管弦乐器演奏到最高潮的时刻忽然静止下来，那幅壁画真是所有成就的总结，里面所有的动物都栩栩如生，展示了生命百态，捕食、逃生、静止、死亡，极为壮观。

念艺术史时，有学者解释那些史前人类画这些动物和猛兽的动机，说是因为原始人认为，如果能够捕获它们的形象，就捕获了它们的灵魂，在族人们出猎时就能够受到庇佑。但是我觉得不是这样的。在那个洞窟里面，我感觉到的是一种很强烈而纯粹的对于创造的追求，以及出自某种仿佛受到蛊惑一般的驱使，像是被强迫一样，一直不停地向内里、向精神深处挖掘下去的意志。我看到了第一个人发现自己的手掌居然可以被画下来那种极度的喜悦，以至于他想要创造成百上千次。至于那些动物的造型，很多时候，仅仅只是开始于一个线条，来自他临摹旁边岩石的一段曲线，从这个曲线，他看出了野牛双角的弧度，他看出了老虎凹陷的背部，他看出了一只猫头鹰的翅膀，他看出了一只猛狮的侧脸。就像是陷入热恋的人在万物中看见对方的名字，那个艺术家，他看见并记下了那些他最亲爱的、最恐惧的、最贴近的、最熟悉的脑中的形象。

这是远古人类的心智，在那个时候，也许动物和人类的分野并不明显，对他们而言，动物恐怕只是另外一种同样有灵魂、会思考的可敬的存在。在壁画里，很奇特的是，我似乎看到史前人类的眼睛曾经是如何观看这个世界的，他们的别样人生这么遥远而陌生，却又这么真实而蓬勃有力。

08 法式乡野奇遇

就像是穿越冥界的奥菲斯，当鸡、犬从洞窟中出来时，感觉好像和原始人类一起生活了好几个世纪。我们伴着斜阳下山，接着马不停蹄地奔向维埃纳——一个位于隆河谷地、靠近里昂的小镇。

高速公路沿河向北，两边是谷地的斜坡，上面遍布着葡萄园。今晚的住处不是酒店，而是某户人家的宅院，由于我们抵达的时间已晚，整片庭院一团漆黑。房子中没有一扇窗透射出亮光，石头外墙爬着半死半活的藤蔓，前面的草地除了一棵参天大树之外，一片空旷、荒芜，这景象在夜色里散发着阴森又诡异的不祥气息。把车停妥之后，周遭恢复了宁静，连用耳语讲话都可能传来回声，我们忐忑地登上门阶，感觉无用却没有他法可想地敲了几下深锁的大门，里面看起来像是已经空置了几个世纪。

正在发愁这下怎么办时，房子深处忽然亮起一盏灯，接着传来脚步声，有人来应门了。门一开，站着一位像是从一场梦里显灵出来的漂亮女人，她大卷又毛茸茸的金发及肩，有着两只浅水蓝色的眼睛，身穿一袭蓬蓬的白色棉质缀蕾丝睡袍，脸上露出有点儿困但是和善的笑容。她对着我们说了一串儿法语，鸡、犬满脸类似超脱时空般表示听不懂，于是她就做出"来，来……"像是在招魂的手势。我们不由自主地跟随着她的步伐——那是长长的连衣裙下摆下面扑朔迷离的两只光着的脚丫——我们一路穿过了饭厅和客厅，光脚丫又再窸窣地转而上了一座新艺术风格的卷草型石阶。由于年代久远，石阶都显得凹

陷、变形了，边角也都变成了圆弧形，表面被磨得光光滑滑的，闪着柔软的光泽。犬想，光脚在上面行走的触感一定非常舒服。跟外观鬼屋的印象完全不同，我们的房间虽小但是精致可爱，举目所及，壁纸、地毯、床单、窗帘，都是搭配了浅薰衣草的暖紫色系，黄色灯点着后，小房间看起来像家一般温馨。

鸡、犬打算在房间里简单用餐，于是就很艰难地用英文问女人是否可以借两个玻璃酒杯，但是因为语言不通，我只好拿出纸、笔，画了一瓶酒和酒杯的形状，然后说"glass？"，她闪出一抹奇妙的神情，像是说"女人，我懂你"，然后点点头，转身回到黑暗里。等到她再度出现在我们面前时，她手上拿着一面像是白雪公主的后母使用的镜子。

鸡、犬两人傻眼，然后连忙说："No No No……but glass？"（做出举杯饮酒的动作）此时她双眼一瞪，露出了像是小和尚被棒子打中脑袋那般顿悟的表情，说："OK，OK！"再度消失，这次后面隐约传来翻箱倒柜的声音，不久后她捧来了两桶冰激凌，一个是草莓味的、一个是香草味的，打开来还都是已经只剩一半的，很显然是她自己没事吃着玩儿的零嘴儿。鸡、犬快要笑倒了，女人也觉得很好笑，直到机灵的鸡总算从行李里挖出一瓶酒，她才完全明白，原来我们要的是酒杯啊（可见犬之前画的那些图案完全不表意嘛）！

吃饱喝足后，鸡、犬一夜好眠，隔天起床，女人给我们准备好早餐后就匆匆出门了，大白天里，房子和女人都看起来非常正常。法国人的日常早餐很简单，两个可颂搭配四种不同的果酱，还有一个像大碗一样的杯子，看了半天找不到咖啡杯，于是鸡、犬琢磨着应该是用大碗喝咖啡加牛奶，他们称为咖啡欧蕾。

鸡、犬再度启程，不久后就穿过大城市里昂，继续往北。这时候已接近中午，午餐的警报响起，但当时两人正开在一个空旷的乡村里，旁边只有铺天盖地的麦穗与零星的农舍，看起来渺无人烟。此时鸡忽然急踩刹车，接着一个陡转弯儿，钻进了田间，循着小路蜿蜒地深入荒烟蔓草中，这条路看起来不像通往任何地方。我被突如其来地这么一甩，没好气地问："这是干吗？"鸡回答说他在转角处看见了一个小招牌，但我明明就什么也没看到，怀疑鸡会不会是被法国乡野里的精怪给鬼遮眼了。一度开到死路里，回转后又一头投入另一片浓密的麦田，与一台巨大的耕地机擦身而过，上面坐着一位看似饥饿、神志涣散的劳工朋友，他瞬间被迎头蹿出的陌生来车给吓醒了。我们最后终于在一堆树丛后面找到了一栋像谷仓一样的大建筑，对面则有间小矮房，门前打了几把伞，几个人正坐在伞下用餐。

这景象看起来一派平和，犬环顾周遭，确定了应该并非狐狸或聂小倩的戏法，于是两人走进小房间坐下，同时另有其他两桌人马，看起来都是农民打扮，他们都对这两个陌生的亚洲面孔投以极其好奇但又必须假装全然无视的别扭眼光。不一会儿，大门又"砰"一声被推开了，刚刚那位驾驶耕地机的大汉冒冒失失地闯入，像是在躲避一场暴雨那样，终于可以暂时逃离外头炽热火辣的阳光。我们六只眼睛一瞬间相对，他点头微笑，露出赞许的样子，好像是神偷对名捕产生惺惺相惜的感情，无言中的对白是："亏你们两个找得到我的巢穴！"然后他身子一短，头尾一缩加入其中一桌，开始猛灌啤酒。

没有菜单，也遍寻不着法国餐厅总是摆着的小黑板，鸡、犬如在雾里地傻傻坐在板凳上。老板娘倒是推门而出，二话不说就径自上菜了，首先"啪啪啪"三下，一瓶冰凉的红酒加两个杯子已经利索地落在面前。我们虽然不明就里，但是觉得口渴，就自己拿旁边的开瓶器喝了起来，酒是隆河谷地的普通餐桌酒，简单开胃，清凉消暑，就正适合这种大热天。

鸡、犬顿时感到饥肠辘辘，老板娘再次递上面包、生菜、烤鸡翅、小鸡腿、炒马铃薯块、辣肉肠（一刀切下，喷得我满脸肉汁）。主餐吃完后，传来一块切菜的砧板，上面随意摆了十几种各式奶酪，想吃哪种、想吃多少都自己切着吃，用完再把砧板递给其他桌的客人。奶酪我们全部都尝了一轮，味道好极了，老板娘看着我们仿佛"久旱逢甘霖"的吃相，感到十分满意，于是示意："还要一瓶酒吗？"犬心想多喝多付钱，况且等下还要开车，于是猛摇头，鸡则心想有酒不喝岂不枉生为人，所以猛点头。

老板娘眼看今天这矛盾的情况如此特殊，于是她就跑进厨房，拿了一瓶十分特殊的酒，瓶身是浅米白色的磨砂质地，上面只有一个大卷羊角的符号。她比画出了宫老爷子邀叶问出招夺烧饼的手势，请我们出手。这酒不是别的，正是店家自制的 Eau de Vie！法文直译就是

"生命之水"，用这个称呼来命名此酒实在是有诗意！这酒体清澈透明，是经过双重蒸馏的高度数酒品，通常酒精介于 35% ～ 50%。除了葡萄以外，把苹果、梨子之类的水果当作原料，喝起来果味几乎已经没有了，像是在喝伏特加。鸡看了眼睛发光，给自己斟了一杯，还好我提醒了他待会儿还要继续担任司机，不然鸡、犬大正午就要来个午觉了。

这餐最不可思议的是，所有酒加上食物，每个人只要 13 欧元，实在是便宜。临走之际，老板娘和她的厨师老公送鸡、犬出门，八成是鸡对于生命之水的念念不忘得到了回响，他们腼腆地递来一张小卡片，正是这家餐厅的名片，背面则是那间谷仓大房，原来那是一栋客房。他们说："下次来住吗？"

一只鸡的生活意见

Vienne
维埃纳

Mirror, Ice Cream and Verre
镜子、冰激凌与玻璃

On our way from the South of France to Burgundy, Chicken and Dog stayed one night at an interesting inn near Vienne. We arrived a bit late in the evening, but we had some bread, cheese, ham and wine to tie us over. Of course every place was already closed in this small village.

The innkeeper greeted us and showed us to our room. We've been managing the France trip with small recollections of words that I learned while taking French for two years in junior high school. Or probably more correct was that we were managing because the average French person's English was better than my French. I still remember my French teacher vividly. In her 60's, transplanted from Paris to New York for reasons I'd had never asked.

We didn't carry wine glasses with us on this trip so I tried to ask the innkeeper for some. And then I realized I didn't know the French term for wine glasses, this very important word. She tried to figure out my repetitions of the word " glass", in my American accent, and thought for a moment, went downstairs, and brought back a hand mirror. I remembered the word for mirror. I said no, not "glace" and said "glasses", "vin glasses". She looked at me even more puzzled, went back downstairs, and, this time taking a little longer, returned with ice cream. She must have been like, these two really want ice cream at this hour. Actually, she brought up two boxes of ice cream. Maybe she didn't think it was so strange and has ice cream cravings at night and this was her stash.

Finally, I took out a bottle of wine and made the motion of pouring it into a wine glass. "Ahh, verre de vin" . Our other conversations went better and in the morning we had coffee and not some other beverage.

I think there is this view that the French might be less than friendly. It might be true in Paris, as it might be in any busy metropolis, although I never found that to be the case. In our travels through these wine regions of France, the people couldn't be more warm and accommodating. Our hosts at the inn in Vienne, the apartment in Bordeaux, the townhouse in Reims and other places were warm and charming as well as the restaurant owners and servers in small cafes and fine bistros. They all went out of their way to make sure we were comfortable, tried local products and that we were going the right direction. In a word, the people are cultured.

在我们从南法北上去勃艮第的途中，鸡、犬在靠近维埃纳的一间有趣的小旅店停留了一夜。我们抵达得有点儿晚了，还好事先准备了面包、奶酪和葡萄酒果腹。这样的深夜里，小镇里不会有店家在营业。

旅店主人出来招呼来客，并带领我们前往房间。一整趟法国行就靠着我初中时在法文课学的内容来进行交流。更准确的说法应该是，我们之所以能够勉强应付，是因为大多数法国人的英文程度都比我的法文程度好上太多。我依然能够忆起法文老师的模样，她六十多岁，因为我们不知道的原因从巴黎来到纽约。

我们在路途中没有携带酒杯，所以我试着向旅店主人要几个杯子，但随即发现自己居然不知道法文里的酒杯该怎么讲，这么重要的一个词！她很努力地想搞清楚我夹杂着英语腔并反复讲的"glass"究竟是什么意思，思索了几秒钟，她下楼去，拿了面镜子上来。我居然还记得"镜子"这个词，于是说不是"glace"，而是"glasses"，"vin glasses"。她用一种更困惑的表情歪着头看我，再次走回楼梯，这次花了比较久的时间，回来的时候带了冰激凌。她当时脑海中一定心想"这两个可怜的傻孩子在这个点上一定超想吃冰激凌"。实际上她一手捧了一盒，捧来了两大盒。不过这位姐可能也不觉得半夜馋冰激凌有什么奇怪，毕竟这也是她自己平日的藏货。

最后我总算从行李里"挖"出一瓶酒来，并且做出倒酒的动作。"啊！酒杯！Verre de vin！"她恍然大悟。我们其他的沟通进行得比较顺利，所以隔天早上我们有咖啡可喝，而不是其他饮品。

似乎很多人认为法国人不太友善，也许在巴黎真是那样，就一如世界上其他忙碌、冷漠的都会区一样，然而我从未在那儿碰到过类似的状况。在这次旅途中经过的所有酒乡，人们实在不能再温暖、好客了。无论是在维埃纳、波尔多的公寓，还是在兰斯的住宅和其他地方，鸡、犬都幸运地受到了诚挚、友善的接待。哪怕是餐厅的老板和咖啡店、小酒馆里的服务生，也会不厌其烦地走过来看看我们是否一切安好，请我们试试当地特产。一言以蔽之：在法国，人而有礼、有仁，斯为美。

360°

东北

01 红酒与牛肉不可辜负

离开午餐的地点，再度停车时，我们已经到达住处：勃艮第！

我们下榻的小镇是博讷，那是个小而美的古镇，坐落在勃艮第地区的中心，数个著名产区就是以此地为界而划分南北的。这里因地利之便成为勃艮第酒业的枢纽，每年的葡萄酒拍卖会就在这里举行，同时博讷镇本身就生得一副法式乡村的模样，田园风情浓厚而不粗鄙，观光人潮络绎不绝。镇上的建筑皆为传统木制的尖顶样式，夕阳西下后到处都是坐在街边喝酒谈笑的人，气氛轻快、闲适。

由于法国遍地是老城，鸡、犬一连几天下来已经有点儿丧失了探索人文历史的动力。然而鸡、犬在钟情买醉这件事上已然超脱了热情的范围，更应化为一项本能了，两人在城中漫步时途经一间酒铺，于是很"合理"地被吸引了，随手挑一瓶，当场起了瓶盖就喝起来。酒架的墙上贴着一张海报，上面介绍了各种葡萄酒的味道，我们一边品尝一边根据海报上的内容，讨论自己在葡萄酒里曾经感受到了哪些味道。

犬对于勃艮第的初次印象要回溯至大学时期，当时自己的生活费是在餐厅当服务员、端盘子赚来的。那是一家颇有欧洲风情的餐厅，但现在回想起来显得有些不伦不类。店里供应多样餐点，其中一道就

是"勃艮第红酒炖牛肉"。小犬当时对勃艮第闻所未闻，完全不知道它可是个酒国中人都如雷贯耳的圣地，还"嗤之以鼻"地想，卤肉就卤肉，干吗装模作样地弄个花里胡哨的称呼？

　　由于牛肉昂贵，员工餐顶多就是些许猪肉碎渣，可吃不上这道又是红酒又是牛肉的顶级菜肴。但如同青少年的恋情一样，如果父母越强硬地反对，他们就越想私奔，所以老板越是"一毛不拔"，我就越想吃它个一口不剩，因此，趁其不注意经常在厨房里偷吃。那炖牛肉的酱汁微酸，肉更是被煮得老、硬、干、柴，味道实在不好。不但如此，一块肉吃完，往往是满牙缝儿的肉纤维，之后只能无法自制地用舌头在嘴里掏个不停，搞得"牙歪嘴斜"，一整晚都无法得到心灵的平静，真不知道这道菜是哪里了不起。

不过鸡、犬在勃艮第尝过了地道的红酒炖牛肉后，我只能说，过去的"那个味道"和这次吃的味道相比，除了两者同样都放了红酒和煮的都是牛肉外，没有任何一点相似之处。如果这世上真有一位"红酒炖牛肉神"存在的话，那应该早就震怒于自己的一世英名被台湾某个有人格缺陷的低能厨子给完全毁掉了吧。

02　吃在尚贝坦

Chez Guy 位于热夫雷 - 尚贝坦，是博讷与第戎的中间点，所以我们去那儿完全顺道，另外，那儿也是米其林推荐餐厅，虽然没有星，不过环境、食物的品相、选酒、价位都无可挑剔。鸡、犬坐下后，马上就兴奋得仿佛自己已经化身为小林一茶笔下的苍蝇，既期待又怕受伤害地搓着自己的手。（这梗儿来自高中国文课本小林一茶的俳句"苍蝇与我"。全文是"莫要打哪，苍蝇正在搓着它的手，搓着它的脚呢"。如前所述，我们这群调皮捣蛋的荒唐高中生，当然无法参透诗人的万物静观皆自得之妙境，只觉得国文课本中天外飞来这么一段无厘头的苍蝇搓手搓脚的画面，更显得不三不四、滑稽、搞笑，所以总在"沆

滥一气"聚打桥牌时，随口瞎改课文内容，进而自比苍蝇，特别是因为实则无法搓上自己还穿着鞋的脚，以致每到情绪激动处如握一手好牌时，总得说上一句"搓着我的手，搓着我的手"。务必重复两遍，同时伴随演示摩拳擦掌状。）

总之就是食指大动了！

洋芹猪肉冻是勃艮第地区的传统家常菜，洋芹切好之后，与猪肩肉块搅在一起，做成肉冻一样的冷盘。白酒腌过的粉红色猪肉，被漂亮的绿色芹菜碎末包裹、点缀，口味清爽不咸腻，漂亮得像是翡翠的手工玻璃千花。

还有红酒炖牛肉，不像台式、美式或韩式的，这"正宫娘娘"勃艮第式红酒炖牛肉真是太好吃了！首先是牛肉已炖得透烂而不散，一咬下去，像是化开了一样又软又糯，口感柔嫩而滋润，丝毫不老、柴，里面还有一点儿像牛筋般的胶质，让人一边咀嚼、一边迸发满嘴的香，口腔里好像都沾上了肉香。

这让我相当意外，毕竟这块肉看起来如此瘦，入口却这么丰腴。在红酒略涩的单宁和酒精的作用下，极为巧妙而熨帖地丰富了牛肉的滋味，把肉的铁质、无机盐以及腥腻等粗糙的口感，全都翻转成一股具有深度与厚度的浓郁风味。

同时，葡萄酒的酸甜加上胡萝卜等蔬菜的调味，更增添了牛肉的鲜美味道，把炖肉的重口味给四两拨千斤地轻松化解了。这味道的圆满就是在你吃的当下，完全无法察觉红酒或是其他任何香料、调味料

在其中，因为所有的味道都是浑然天成的，它们只为了这块好肉而生，缺一不可。就像北京路边的烤羊肉串，必会配孜然和毛豆；说起包龙星，就不能无视周星驰；看到眼袋，你必会思及林志颖。站在这个高度上，我们再度回望过去尝过的红酒炖牛肉，只能说那些山寨版的根本是彻底糟蹋了这个概念的美好意思。

不得不说的还有红酒炖梨，这个甜点最好的地方就在于它的简单。

看起来毫不起眼儿的一个酒红色的西洋梨，但是味道真是超级惊艳。梨子本身像蜜糖一样甜，咽下时带着一缕细致、高雅的成熟果物散发出的酚类香水般的尾韵。红酒中则添加了肉桂、丁香、香草荚、柠檬皮，甜美中糅合了东方香料温润、敦厚的风情。梨肉软而不成泥，中间还填塞了点儿勃艮第的特色糖煮黑醋栗，画龙点睛地增添了一抹莓果果酱的浓缩酸甜味，冰镇之后入口，一派清爽。旁缀一个球形冰激凌，炎夏里享受这道甜点，所有的烦躁和暑气瞬间都被驱散了。

有些甜点强调的是丰盈、缤纷，需要用感官上的"多"来形容，比如追求重甜、重油、奶香浓郁、品相繁复的无比满足感。但是这道炖梨则完全相反，它是这么"少"且"极简"，在视觉和口味上都做得非常内敛而精准，吃完之后让人感觉身心都被清空了，仿佛一切皆忘，心头无事，舌尖和心头都只剩一股无忧无虑、毫无负担的轻松感。

03 王子黑皮诺

之前在波尔多写了些卡本内沙维翁，圣爱美浓时则谈到贵腐和梅洛，之后在隆河又聊了一点儿西拉，其实最让犬近乡情怯的则是"王子"黑皮诺（Pinot noir）。

黑皮诺是名副其实的"王子"，这并不只因为它著名的难以种植和照料，也跟产地勃艮第的历史紧紧相连。勃艮第直到 15 世纪才被划为法国的一部分，在此之前的勃艮第大公国原本是欧洲最富庶的区域，故在饮食上极为讲究，据说当时的勃艮第公爵吃得比法国国王还精致。

这也源自公爵们的任性，勃艮第葡萄酒对于传统的维护开始得很早，在根本还没有什么 AOC 概念的时候，公爵就已经对葡萄酒的制造制定下严格的规定。14 世纪时的菲利普公爵不喜欢佳美 Gamay 葡萄，他认为只有黑皮诺才是正统的王室风味，所以他立法把勃艮第地区的佳美葡萄全部铲除，倒霉的佳美"躺着也中枪"，只好把铺盖卷一卷，带着自己的破毛毡和小棍子（那是苏武吧？！）被流放到了南边廉价的薄酒莱。然而没想到，在薄酒莱（牧羊）的佳美却从一片唱衰中逆势成长，最后发展出自己的独特风貌，好像是心有不甘，为了证明自己并非一文不值而更加人小志气高。总之，就是这样的历史缘由，勃艮第葡萄种植的分布逐渐形成了今日的局面，从此黑皮诺就在此"划地称王"，并且也用它的高雅和伟大征服了全世界的葡萄酒爱好者的味蕾。

然而黑皮诺与犬的情缘只能说像冤家聚首，不打不相识。其实两三年前在韩国比较难找到相对平价的勃艮第红酒，于是我的初体验则是以十分出名的新西兰黑皮诺作为入口。

当时只觉得这个味道实在是奇怪到近乎恶心，毕竟像卡本内沙维翁和西拉，它们都有很强烈的发酵果物的味道。黑皮诺最与众不同近乎怪诞的独特味道就在其之"荤"味。"荤"味是什么意思呢？用一个犬自己很熟悉，但是任谁听了都可能会觉得超恶心的形容，那就是闻起来像蟑螂屎的味道！

这一切都要怪犬妈从小给犬灌输的蟑螂屎这个概念。犬妈是鼻子过敏的基因携带者，以至于犬和弟弟两人只要天气一变，就开始打喷嚏、

流鼻涕，并同时很命苦地日日起早贪黑只为捏鼻子喝下用屁股暖热的羊奶。虽说过敏性鼻炎并不算什么路上捡到红包的"幸运"，不过这也意外地表示，犬妈有副异于常人的灵敏嗅觉。她可以闻到在一百层垫被底下压着的一颗豆子，在绿意盎然的森林里，她会愉悦地唱出："杜鹃花好香……"（明明杜鹃没味道）只要犬喷一点儿香水，她就会因为气味太刺激而掩鼻走窜。每到换季刚翻出久未打开的冬季衣物时，犬妈也必定会在第一时间发出："嗯……（这一声语调必定尾音上扬，表示不屑）嘎抓大便味（'嘎抓'就是台湾方言蟑螂的意思）！"

"嘎抓大便"是什么味道我从来不知道，毕竟谁那么无聊（不卫生），会特地去找一颗蟑螂屎来嗅个彻底，然后搞清楚那闻起来究竟是个什么样子。不过既然妈妈都那样说了，那犬也就慢慢地把那个味道给琢磨、归纳出来。它存在衣柜深处阴暗的角落，特别是那些放在最底层不常被拿出来的衣服，可能有几件是只穿过一两次但忘了洗，就这样被直接塞进去闷了一整个夏天，包含着像是体味、动物味、臊味、尘封的灰尘味、霉味等混杂的幽暗气味。这气味如果有一个具体的形体，那它应该会是毛茸茸的，好像你正抱着一只兔子，把鼻子贴近它的皮毛嗅，那细软的毛发和温度以及动物的体味被蒸得冒出来撩动你鼻腔内膜，致使你出自本能地想动几下鼻子，仿佛里面正蓄着一个打不出的喷嚏，但是那气味又会自动地像水分的毛细现象一样不停地往上爬，向深处钻。

有这么独特甚至说"儿时阴影"的味道出现在葡萄酒里，犬当场被吓到也是非常合理的。因此，不但那瓶衰尾的新西兰红酒立马被打入冷宫，从此之后黑皮诺也同时被写入黑名单，成为鸡、犬的禁忌。然而具有皇族血统的黑皮诺怎么甘心就此被看扁呢？它总算赢回了自己实至名归的荣耀，并且登上鸡、犬现在心目中的神级地位，其中最光荣的一役则是在上引水产。

上引水产是鸡、犬在台北最钟爱的口袋名单之一，现在那里俨然成了游客造访台北的必去之处，每次用餐，周围很少能听见台湾口音。然而除了立吞（站着吃）区供应的"排队美食"生鱼片寿司新鲜好吃外，位于旁边时常被人潮忽略的小酒吧也值得注意，这里意外地宁静、清幽，仿佛是一座秘密花园。虽然酒吧只有小小的一个方台，一共才不到十把椅子，可以悠闲地一边喝酒，一边等待立吞区叫号，赏玩旁边熙熙攘攘的游人，实在别有趣味。

当时我们点了酒单上最贵的和最便宜的一杯酒做比较，结果那杯贵的酒是来自勃艮第的 Lou Dumont Bourgogne 2002，鸡、犬一试之下简直惊为天人！从此之后"勃艮第"和"黑皮诺"就成为鸡、犬就算有天老年失智，连自己的名字都叫不出来的时候，都还不会忘记的单词。

首先，那个味道还是像嘎抓大便的味道，但很奇特的是，最美的居然也就是那个味道。它已不再是让人困扰的异臭，反而协调地增添了像红色莓果、草莓、樱桃等香甜的果香。它的功能就像你在清澈的橄榄油里面浸上一点儿松露，忽然之间那个油香就立体起来，松露的那股瓦斯怪味竟带出了一种完整、浑圆的味道。

由于黑皮诺葡萄本身皮薄、色浅，所以酒体的颜色偏向柔和、清淡，看起来也相对清透，不会尝到太多发酵果物的浓厚风味。轻熟一点儿的葡萄以清新的果味和酸味为主，且有一股花香暗暗浮动的文雅、细致的味道。稍微陈年一点儿的则有忧郁深沉的异香崛起，像朗姆葡萄巧克力的甜果酱和可可豆的微苦，交织着皮毛的膻味、土味、腐叶、蕈菇等口感。种种特质巧妙地融合，真是一种复杂又变化多端的感觉。

04 雷神索尔 PK 达西先生

新世界的葡萄酒给我的印象是又萌又大气，果敢而阳刚，就像雷神索尔里面的克里斯·兰斯沃，金发碧眼，有着大块的肌肉，笑容挂着一股"初生牛犊不畏虎"的无惧。至于勃艮第的黑皮诺则是位极为自负、内敛、善感而苍白的少年，它仿佛拒人于千里之外，却令人兴起无限美与诗的灵感，就像《傲慢与偏见》里的达西先生。在小说中，达西先生起初貌似高傲自大，为人冷峻无情。他蔑视身边人、事、物的表现，让女主角和故事里的其他人物刚开始都非常讨厌他。然而随着故事出现意料之外的发展，大家才逐渐发觉，其实达西是个大好人，有雅量且富有同情心，只是他的羞涩和不善言辞把自己真诚且忠实的内心给掩饰了。一旦偏见被解除，每个人都看见了达西的各种好，最后转而喜欢他。

新世界的卡本内沙维翁、西拉给我的感觉是海顿，浓烈而饱满。而旧世界的黑皮诺则是肖邦，它像是无限展开的碎形，在细小里展现所有的微物；像是钢琴，自身就可以完全满足所有的乐音。

回到勃艮第的地窖餐厅里，一坐下之后老板问的就是："今天想喝什么？"勃艮第的葡萄酒用的品种是法定的黑皮诺，而且采用单一品种酿造，不与其他品种混合，所以味道方面鸡、犬心里已经大概有了一个谱儿。我们兴致勃勃地直接请老板帮我们推荐一种，只要价位合理、不那么甜的都可以。老板拿出一本酒窖的品目列表，最后挑了一支 2006 年来自 Denis Mortet 的一级园葡萄酒。Denis Mortet 被誉为"勃艮第天才酿酒师"，他以对葡萄园的照顾无微不至、严格挑选葡萄、专注于品质而出名，他酿出的葡萄酒虽少却精。然而最让人叹惋的惨剧发生在 2005 年，他因为经营压力，在自家葡萄园里举枪自杀，所以 2006 年是他儿子接手葡萄园的第一年。有人感慨天才不再，酒已经失色，但鸡、犬觉得这夸大其词，因为 2006 年以后的酒甚至有超过之前的酒的趋势。

这支酒就如同预料中的勃艮第黑皮诺，味道细致、幽微。最让鸡惊艳的是它有着一种 Earthy 的余味。光看"Earthy"的字面意思，就知道和土地有关，翻译的话通常就是直接说成"泥土味"，虽然我想常人也不会随随便便地就吃土，但是每个人或多或少都会有那种身在森林里或泥土地，感受过周身被浓厚土壤气息给包围的体验，那大概就跟此处这"earthy"的感觉相去不远了。

可能是因为犬之前的工作和视觉相关，所以这些抽象的味道恰好可以用颜色来进行具象化的表达。那个 earthy 的味道当然就是深棕色，有点儿发苦，同样也呈现出木质的意象，像是沉香那种氤氲的香气。沉香木是当木头受到伤害或细菌侵入时，其本身分泌树脂把伤口包住的免疫反应，而这树脂却意外地产生如麝香般的奇香。沉香木带有一股东方风情的动物性香氛，那是为了治愈伤口和病痛而产生的美。记得小时候家人不知道从哪里弄来了一块沉香木，虽然那块木头毫不起眼儿，但总是在我将鼻子凑近的时候，汩汩浮动着一股像是细稠的红豆沙一般质地的绵密气味，几乎可以在空气里用眼睛看见香味的褐色。

年轻一点儿的红酒是以热烈的果香以及锐利的单宁为主导风味的，那是比较具有官能的审美。但是等到红酒逐渐成熟，这些果香就会很奇妙地慢慢过渡到以木质、泥土、动物性的香味为主，单宁也更柔软协调地与这些比较阴暗、不明朗的味道交融，变得更知性及智性。就像是人的性格，年轻时内在总是充满冲突，脑袋里面好像随时有多个相反的意见在交战，然而随着年纪渐长，矛盾、懦弱、犹豫、冲动、不定等终于彼此磨合，变成一个完整而不惑的整体。这支 2006 年的酒就很好地示范了这样内敛而复杂的优雅美德。

05 第戎轻旅，多于芥末

结束勃艮第的行程之后，我们继续往北，来到第戎。

有鉴于鸡、犬早前对于第戎的印象离不开芥末酱，因此，在这儿帮它说句话，人家才没这么简单，第戎本来是座皇城。它的历史可追溯到9—10世纪，第戎正是当时勃艮第公国的首都。而这勃艮第公国有多傲娇呢？在其全盛时期，其辖区可从北海绵延一千公里到地中海，是欧陆最巨大的公国之一，在历史上与瑞士和意大利有很深的联系。当代的第戎在市中心依旧有许多霸气外露的壮观老建筑，这里土地肥沃，多条铁路在此交会，于是它化身成了法国内地的重点商业与农产品集散中心。

总之，正经的背景交代完毕，不正经的鸡狗乖继续。很不幸，我们来到第戎的时间点又是个惨白的时间：周末！！！所以，多数店家又是大门深锁，市场也紧闭着，鸡、犬只好一边捶心肝，一边发下毒誓，下次必再回访。不过还好，就算只在市中心散步，周围漂亮的建筑和广场依旧足够游人尽情赏玩。第戎是一个很有生活气息的城市，中心的Les Halles市场规模广大，以其丰富鲜美的农产品、别致而复古的钢铁结构建筑设计闻名，由巴黎埃菲尔铁塔的设计师设计。每年秋天在这里举办的农作物大赏是法国的盛事之一。

我们四处散步，路边有家咖啡馆，居然是家东方茶的专卖店，这里布置得嬉皮、随性，每个角落都充满形形色色的迷人细节。来到公爵府前的广场，地板上面设了喷泉水舞，孩子在阳光和水花间奔跑、穿梭，留下耀眼闪烁的午后影像。继续走向大教堂，墙上贴着夏季交响乐会的海报，门前有一道已经半锈蚀但依旧坚实的铁条，那是从前的驻马处，骑士们下马参拜的时候，可把缰绳拴在铁条上。犬想起过去与死党们一起张着大嘴，露出牙齿搞怪的搞笑回忆，立刻冲上去抓着栏杆，一边蹬腿，一边龇牙"哼哧哼哧"地嘶叫。鸡睁着小眼睛，不知道犬这招到底是在干吗啊！

　　在第戎的传统中，猫头鹰是守护城市的吉祥物，在街头可以看见许多店家在贩卖猫头鹰的纪念品。我们后来才知道此中缘由，在市中心圣母院某个不起眼儿的转角处，墙上雕刻的一只小猫头鹰特别灵验，据说只要用左手搓搓它的肚子，心中的愿望就能实现。这只倒霉的小猫头鹰也因为这个传说，现在已经被搓得面目全非，看起来比较像一个半融化的雪人。

　　即便如此，每天依然有成百上千的游客排队争相抚摩小猫头鹰，特别像犬这个"匹妇"，初经过时还直接忽略了，隔天硬拉着鸡再回头去找。秉持"不摸鹰，毋宁死"的誓不罢休的狠劲儿，待见到其影，就奋不顾身地冲去上下其手，猛摸一顿，心得是，手感其实还不错哪！（鸡很羞报地戳了一下就暗自退下了，站在远处假装看四周的风景，默默表示"我不认识这个疯女人"。）由于小猫头鹰这么有人气，市政府就在城中各处的石地板上镶了小猫头鹰指示牌，任何人只要循着小猫头鹰的建议方向逛大街，就可以用双脚踏遍第戎市区的文化遗产与地标建筑，这是个十分体贴、可爱的设计。

06　兰斯美得冒泡

结束了昨日的轻旅，车子离开了第戎，路边一大片一大片葡萄园渐渐消退，接着小车驶上高速公路，然后又驶下高速公路，这时面前再度出现一大片随丘陵起伏的葡萄园，我们猜到了香槟，这也是鸡、犬法国行的最后一站。

犬说自己过去对于"香槟"这个词的理解，以为类似说起"高粱"或"啤酒"，代表某种酒的类型。凡是那些装在长颈、大腹的酒瓶里，喝起来酸酸甜甜又带气泡、开瓶时必然刻意引人注目地"砰"一声，犬就认定："啊！是开香槟。"所以说实在话，自己对香槟没有特别好感，认为它总有一种暴发户格调不高的印象。

不过我必须要郑重地向香槟道歉，以上犬的奇怪印象，追根究底可能是小时候看太多搞笑港片而被洗脑的缘故，而那个开香槟炫富的土豪，应该就是刘德华演的大陆鸡或陈小刀那个角色吧。当然长大一点儿就认识到，虽然香槟看似浮华，但其实它乃是个大智若愚、举重若轻的角色。无知的小犬只看到表象，至今才逐渐看到其中深奥的内涵。

然而，不是爱吃巧克力、能够瞬间变牌就可自称"赌神"，赌神只有一个，那就是周润发！同样的道理，"香槟"这个词，既不是气泡酒的概称，也不是随随便便什么酒都能往身上贴的标签，"香槟"只有一个，唯有"产自法国的香槟区，符合 AOC 资格的好酒"才能叫作正牌"香槟"。此区就位于巴黎东北边大概 160 公里处，今晚我们就下榻在香槟区的主城之一：兰斯（Reims）。有些人认为它是香槟酒产区的非官方首都，是个好吃、好喝、好便宜（说漏嘴了，其实鸡、犬来这里只是因为想省钱，好惭愧）的地方。总之，反正我们回程都要从巴黎乘机，途经这里更是不偏不倚地完全顺路，那不如鸡、犬今夜就来开瓶香槟，庆祝旅行（和这篇万年写不完的旅行书）终于顺利进入尾声啦！

　　车子开着开着，我们居然看见了跳蚤市集，反正我们不赶时间，就停下来逛逛，看看能不能挖到什么宝。这个当地市集热闹非凡，摊位众多，四处延伸，占满了好几条纵横的街区。虽然东走西看相当有趣，但说实在话也没什么可买的，大部分不外乎是一些老旧的日用品、二手衣物和各种莫名其妙的玩意儿(比如断了一只手臂的瓷娃娃或轮胎)，甚至还有黑铁铸成的农具，像是铁锹或犁田的铁耙子。许多摊位主看似都是附近的老农夫，他们彼此熟识，不以为意一副"料想也不会有人来偷我这堆破烂，就算真有谁要偷，那就当做功德好了，反正我本来就不想卖，都是被我老婆逼的"，一脸的乐天与自信，干脆把自己的整摊家当，成堆扔在一旁，直接逃班到后面的公园里和大伙儿乘凉、聊天。

　　时间快到下午三四点，农夫从背包里纷纷抽出自己带的香槟，戴着老花眼镜，穿着吊带裤和格子衫的老农夫们聚在一起喝了起来。他们的鼻头和脸颊已被太阳晒得发红，结满汗珠，手执高雅的笛形杯，在阳光的照耀下，杯中的香槟冒着精致的细密泡泡，折射出粉金色的亮丽光泽。那画面真是有趣，完全打破鸡、犬对"喝香槟"的印象，我们过去总认为这酒太优美、高贵，似乎只能在高档的环境或特殊的场合才适合饮用。然而这些农民多半就是平日在葡萄园耕作，负责采收、榨汁、装瓶的工人，对他们来说，喝香槟就像是喝自酿的米酒一样，一点儿也不神奇。

最后，当我们要离开市集的时候，在入口处看见了一个小男孩儿，他有一整组与旁边的破铜烂铁格格不入的漂亮酱汁炖锅，重得要命。我们上前与他讨价还价，但他很为难地说这是祖母的锅，他偷偷拿来卖，祖母知道了肯定会责怪他，若是被贱卖了，那更是要"天诛地灭"了，所以死活不让杀价。我们看男孩儿表情坚决，无论故事是否为真，最后还是掏钱买回了这一组从大到小的五个锅，共花了三十欧元（实在是便宜）。

今晚的住处是间舒适的小公寓，厨房、睡床、客厅全都齐备，甚至还有地下室，有洗衣房和一台脚踏车。屋主是位中年女士，她带我们进房之后，拿出准备好的市区导游图和地图供我们参考，后来聊天才得知她是当地的艺术家，兼职从事老建筑的内部修复。鸡、犬听见她的经历很感兴趣，于是她就起劲儿地将几张自己修复的案例的照片特意翻出来给我们看，说现在的市政厅和歌剧院的壁画就是她画的。

由于兰斯就如许多法国城市一样，遍地老建筑，所以我们的艺术家屋主就负责重绘、还原那些已经凋零的、黯淡转黑的室内壁画，整修过后看起来焕然一新，但是又与周遭十分协调。

读了历史后才知道，兰斯可是真的很古老。它的历史可以追溯到公元前80年，当时罗马帝国都还没北上征服高卢人，兰斯则是其中一个北方部落的首都，而"兰斯"就是当时的部落国王的名字。后来才成为法国国土的一部分，10世纪的时候逐渐成为文化中心，许多中世纪僧侣来这里念大学，而最特别的是，依照传统，历任法国国王都必须在兰斯大教堂完成加冕，也曾有多场皇家婚礼在此举行，可见此地与"朝廷"的关系十分密切。

大教堂就是照片里面看起来像《指环王》里魔多的雄伟建筑（当然又是一个联合国人类文化遗产），建在13世纪。第一次世界大战时，包括教堂在内的整个兰斯都遭受了严重的破坏，所以，从那以后就开始了不断的重建和修复。时至今日，这栋地标性的教堂被修复得极为完美，经过旷日持久的努力，兰斯的市容成为如今人们看到的新艺术风格，我想这也使得我们屋主"修复师"一职，自然而然成为老城市的必备行当。

鸡、犬在兰斯逛街时撞见一间法国老太太开的二手店，里面有复古家具、绘画、衣装和杂七杂八的有趣杂货。由于每个小角落都能发现惊喜，以至于我们在店里徘徊良久。犬想趁机买点儿特别的小纪念品带回去送给家人。原本相中了一组"二战"时期的纸作戏偶，超级可爱，一问之下却价格不菲，鸡就在耳朵旁碎碎念"什么破纸片……"，所以犬只好万分心痛地割舍了。

最后我们挑了一顶深棕色的天鹅绒帽子，模样好像很适合犬的阿姨。那顶帽子当时鸡、犬都无法戴，结果老太太一示范就像是海豚跳圈圈，轻而易举地就套上去了，设计简洁别致，有形、有款。鸡、犬以为是我们两人头特别大，所以就被说服买下。结果回到台湾，阿姨也戴不上，犬妈也戴不上，没有人能戴上！这个礼物的挑选最终宣告完全失败！鸡、犬揣摩良久，最后结论是：我们可能遇见了一位颅骨特别小的法国老太太。

在兰斯也是法国旅行的最后一餐，我们来到一家小酒馆喝香槟。点了一只耳朵形状的生蚝，口感惊为天人，甜而有奶油味。值得一提的是鸡的主餐，送上来一块像蛋糕似的东西，原来是猪头皮肉膏Pate。最妙的是，上菜时，店家直接捧来完整的一盆，席间都不拿走，从头到尾留在鸡、犬的桌上，旁附一把刀，要吃多少挖多少，言下之意就是，谁点了谁就可以将猪头皮肉冻自助式无限吃到饱。这下两人心中窃喜自己赚到了，分量这么大，我们可是人称吃遍台韩的鸡、犬大胃王！

然而结果却"峰回路转"，鸡、犬两人的食欲在两口猪头皮下咽后瞬间耗尽，勉强各吃半块肉膏就已作呕到近乎害喜，只好缩着脖子，很委屈地瑟缩在角落，口中咕咕哝哝："难怪店家这么霸气地直接上一盆，他料想你也吃不了第二块！"

/wine/

07

何不开香槟

　　"香槟"（Champagne）这个词来自拉丁文的"白垩土平原"，所以已经指名道姓地告诉大家，本地的大部分土壤是白色石灰岩。白垩土极度贫瘠，而且带碱性，迫使葡萄向下扎根，挣扎求生，果实带有很强的酸度。不过香槟区葡萄之酸的另一原因则是地理位置偏北，这里已经接近葡萄能生长的最北极限，由于气候寒冷，葡萄不是因日照时间短而难以成熟，就是成熟得极缓慢。此时白垩岩反而成为"补光小帮手"，白色地表就像是一块反光板，可以为葡萄增加日照，提高成熟度，同时石灰岩还有另一个优点，它的细缝可以涵养水源，同时又不会令水气死死地闷在底下令根部腐烂。

　　香槟制作的过程也相当有意思。有时在打开一般的葡萄酒时，常会发现有一些气泡在瓶子里，这是十分正常的事情。原因是用来酿酒的葡萄汁里面的糖还没有完全转化成为酒精，就被装瓶（还记得酵母碰见糖就欢乐地开 Party 的故事吗）。等来年气候又变暖，春暖花开了，就叫醒了瓶子里面残余的酵母，再次启动了糖分发酵的反应，二氧化碳就是瓶中二次发酵的产物。所以，香槟的泡泡基本上就是出自这个原理。

　　• 鸡、犬制酒课：首先把葡萄汁酿成白葡萄酒，这时候酿酒师就会混合不同年份的葡萄酒，以达到特定的口味（大部分香槟是没有年份的，只有特别好的年份才会只用同一年的葡萄来做出年份香槟）。之后灌入酒瓶，同时也在香槟中加入一点儿酵母，再加入一点儿糖，让酒在每个单独的香槟瓶里再次发酵），这种制程叫作"二次发酵法"。二次发酵会有什么效果呢？当然就是产出令我们最怦然心动的可爱泡泡——一大堆二氧化碳。

大多数人以为香槟的发明者是 17 世纪的僧侣唐培里侬（由于他姓唐，就叫他"唐僧"好了），他的名字 Dom Perignon 现在也成为香槟最知名的金字招牌，但他其实主要的贡献是改良了香槟的制作过程。在过去，香槟也被称为"魔鬼酒"，不知是环境因素还是毫无理由，满肚子怒气的"香槟哥"常常在酒窖里无端中邪大自爆，常常摧毁窖里的佳酿。

由于制造香槟这么危险又没保障，酿酒工人都必须配备铁面罩，战战兢兢地工作，就怕自己倒霉被"香槟哥"的怒气扫到台风尾。而"唐僧"呢，本身是一位"酒肉和尚"，而且还是一位睿智又善心的"酒肉和尚"，他引进了软木塞（之前好像是把麻布头卷一卷塞进去封瓶，我要是香槟我也爆了，破布封口这招实在太瞧不起人了），还发明用铁丝把软木塞绑得牢牢的，这才总算是浪子回头金不换地让脾气火暴的"香槟哥"安分守己起来。

另外，还有一个有趣的小常识，现在人们之所以使用那种瘦长的笛形杯来喝香槟，是因为这个杯型能完整地展现香槟优美的小气泡，一串串如同碎钻一样绵绵不绝地从杯底冒到表面。犬过去也不曾深究气泡是怎么来的，直到鸡告诉我："气泡可不是由于外太空电波或有鬼出没才莫名其妙出现的哦！那是因为杯子脏了。"犬觉得半信半疑，于是读了点儿研究类的书，发现原来鸡没有骗人，这就叫作"成核现象"。

因为杯底有微小的灰尘或极细的纤维，这些小颗粒造成玻璃表面不平整，所以当酒液倒进去时，就在灰尘的边角或纤维的孔洞中，包缚着小小的气囊形成了发泡的核点，从这里开始，气泡就会因为表面张力和液体压力的交互作用而"咕噜噜"轻快地产出啦。没想到最高雅的东西居然来自灰尘，实在是出乎意料。

没有人会对香槟说"No"，这种酒最奇特的魔力就是人人都喜欢。从18，19世纪起，香槟就有着绝佳的市场。通过与皇家贵族、上流名媛华丽的生活风格的结合，印象中，它总带给人一种欢愉的、庆典般的美好心境。这跟香槟的制造商也有关系，和法国其他地区的葡萄酒不同，香槟有三分之二以上的产出都来自大型酒商，他们以强大的品牌与营销手段著称，向小农收购葡萄，聘请最好的混调师酿造，最后整批高价售出。这样的套路看起来的确是"资本主义开出来的奢靡花朵"。难怪之前在波尔多时，弗兰德里克一说到唐培里侬，就火冒三丈、满肚子气的样子，毕竟他的家族是在香槟区经营小型酒庄，在大厂环伺的夹缝中求生。不过香槟是的确好喝，因为是大厂专业酿造，也保障了香槟品质稳定，口味不俗，至少花大价钱便有保障。

最后分享一个有关香槟的趣闻。从前，在海上发生船难时，船员会把自己最后一句留给家人的话写到纸条上，塞到香槟瓶里面，放它随水漂流。所以每当船难发生时，港口边不久就会漂来这些挟带着遗书的酒瓶。为了祈愿船只平安航行，再也不用释放悲伤的漂流瓶，人们发展出了在新船破水仪式时，举行"掷瓶礼"，由一位女士将一瓶香槟击碎在船头，而且摔得越碎越吉利。也有一说是，古时候新船下水时一定要宰牲口或杀奴隶来祭祀海神，之后演变成为洒酒以告神灵，人们觉得红酒貌似代表血迹，不吉利，遂改为香槟。

一只鸡的生活意见

Gevrey Chambertin & Dijon

热夫雷－尚贝坦与第戎

Survival of the Boring-est?
无聊至死而后生?

On most days, Chicken and Dog wake a little after noon and start to make brunch or search for food. It usually doesn't matter if it's a weekend or weekday and many times we don't know the difference. I don't think we have internal clocks to wake us up and an early morning only happens if we have a flight to catch, an appointment, or there's free breakfast at our lodging place. It always seems as if we are jetlagged, no matter where we are.

I recently read that Charles Darwin had a very strict routine that included exactly when he was going to wake up, what to do that day, when to take tea and play cards, and when to have that after dinner drink and play billiards with his butler. I wonder what makes people have such rigorous routines in their lives. Is that normal or ordinary life ? Can anything important be achieved without such rigor ? I've had a friend ask to come over to his place for " Monday pizza night" . I couldn't believe that this friend ate pizza every Monday. Another friend, a hedge fund manager, had rows of soup in his cabinet labeled Monday, Tuesday, Wednesday... I should bet my money with him. Also, Steve Jobs was known to wear the same clothes everyday and people emulate him saying it's a decision they don't have to make. How hard is it to choose some clothes I wonder ?

I don't think I've had any routines for a long while now. Even long ago when I kind of had one, I would try to take a different route to office each day or do something different — if an assassin wanted to kill me and waited at a certain intersection, the assassin would have to wait at least a few days, unless he was lucky.

While driving around France last month, this lack of routine did bring Chicken and Dog some problems and stress. In many places in Asia, you can just wake up, do what we feel like, and then when we are hungry, go somewhere for food (especially in 24-hour eatery crazy Korea) . We would find that many times when we got hungry after driving or sightseeing for a little while, most restaurants were no longer open for lunch, like this one particular place that I thought served oysters in St. Emillion where we were turned away at

2: 20. And then we would have to decide whether to be irritable by eating McDonald's or be irritable by being hungry until dinner time. When we did plan, we had some wonderful lunches in remote areas surrounded by locals taking food during their lunch hour.

An occasion occurred in Beaune. We planned to wake up at around 9 so that we could have breakfast at the local market while walking around and then head over to Gevrey Chambertin for lunch. We didn't leave the hotel until around 11 because the night before we enjoyed a 2006 Denis Mortet Premier Cru and many Armagnacs at a charming underground wine cellar restaurant that we chanced into. When I stopped Dog from eating too much at the market, she got increasingly irritable and exclaimed that we had planned to have breakfast here, with Chicken replying that it's almost lunch time. We didn't talk much during the 30 minutes drive to Gevrey Chambertin, but we made it to the restaurant during lunch hours. We took a seat outside and discovered a wine that would have the effect of prodding us to become wine travelers, the 2013 Tortochot Les Corvees, and a pear dessert that Dog thinks about from time to time.

I wondered what was better. To try to have this routine and short time periods when you can get meals or where restaurants are open

24 hours or at least longer hours. For convenience, of course the latter. Aside from whether food would be better with the former or latter, how does it impact culture and humanity. Would I be a more productive person if I ate at exactly the same times everyday or would society be more productive if restaurant workers only had to open a couple hours for lunch and a few for dinner. They would have more control over their lives and, with some rigor, fit other productive tasks throughout the day.

I admit I don't have control over my life, even with my freedom and flexibility. I don't think I have rigor yet because I haven't found what I want to do. I wonder what would have happened if Darwin's grandfather didn't study natural selection or his father didn't think Darwin was a lackey. If my father didn't run away from my grandfather's insistence that he also become a suit maker, maybe I would have developed the rigors of that craft. I'm probably glad that he didn't and that he just enjoyed wearing nice suits, a trait that did rub off on me.

大部分时候，鸡、犬总要到中午才起床，然后半睡半醒地开始煮早午餐或出门觅食。这样颓废的作息不只在周末，其实是不是周末我们也常常搞混。我觉得我们两人都没有什么所谓"叫自己起床"的生理时钟，除非那天要赶飞机、跟朋友相约或是旅馆有免费早餐可以吃。无论在哪儿，鸡、犬的作息总是好像在调时差一样，有点儿日夜不分。

　　我最近读到文章说达尔文有着非常严谨的作息，包括他每天起床的时间都非常固定而精确。今天有什么待办事项，在什么时间要喝茶或玩儿牌，什么时候该来一杯餐后酒等，都要时刻刻严谨执行。我不知道是什么原因，促使某些人的生活如此一板一眼。这真的是正常人的生活吗？难道想要有什么伟大的成就，必须这么严谨才能完成吗？曾经有一位友人邀请我去他家加入"周一比萨夜"晚餐，我难以置信这位朋友每周一固定必吃比萨。另外有位朋友是位对冲基金的经理人，在他的橱柜里面有成排的罐头汤，上面整整齐齐地贴好标签："周一喝""周二喝""周三喝"……我实在应该把我的钱给他拿去投资操作的。同样，众所周知，史蒂芬·乔布斯每天总穿一样的套头衫，别人问到他，他回答说这样就不用决定每天要穿啥。我则是感到奇怪，挑件衣服穿到底是有多难？（犬表示真的很难！因为犬是犹豫症患者。）

　　直到目前，我有很长一段时间都没有制订过生活时间表了，即使是很久以前，自己曾经有过类似的生活，但是我试着每天走不一样的路去办公室，或是每天做不一样的事。假如有人想暗杀我，埋伏在某个交叉口，如果那个杀手没有刚好鸿运当头的话，那他至少要等个好几天，我才会再度出现在同一个地方。

　　上个月我们在法国自驾游的时候，这个缺乏计划的生活状态的确带给了鸡、犬一些困扰。在亚洲的大部分地方，你起床之后还能先东摸西晃个半天，等到肚子饿了再去外面觅食（特别是韩国，那儿的餐厅都很疯狂地热爱 24 小时营业）。但法国不是，有好几次，由于我们开车开得太忘情，或是在某个景点磨蹭太久，错过了餐厅的午餐时间，就像是那家在圣爱美浓的牡蛎餐厅，才刚 2 点 20 分，就把鸡、犬拒之门外。然后我们就只好在自己是否要怒吃麦当劳或挨饿到晚餐两者间挣扎不已。然而当我们按计划行事的时候，我们则吃了好几顿很不错的午餐，比如在一个偏远的乡间，旁边与我们为伴的都是正在用午餐的当地人。

另一个类似的情况发生在博讷，我们原先计划九点起床，先上旁边的当地市集逛逛，在那儿吃早餐，然后前往热夫雷－尚贝坦吃午饭。但结果两人在旅馆的房间一直赖到了十一点才出门，因为前晚我们恰巧寻到一家迷人的地底酒窖餐厅，享用了 2006 年的 Denis Mortet（丹尼斯·莫泰）特级园葡萄酒，还有一大堆雅马邑白兰地。当我阻止犬在市场大吃特吃的时候，她马上就气急败坏，而且吵着说明明之前就说好要在这里吃早餐的！但是我告诉她，现在已经快要到午餐时间了……在接下来的半个小时车程中，我知道犬肚子一饿就要发怒，所以不敢开口，以免讨骂，直到撑到了热夫雷－尚贝坦，正好赶上午餐时间，两人坐到餐厅的室外庭院的雅座，用餐时我们发掘了一杯从此改变鸡、犬成为葡萄酒旅行者的转折点的葡萄酒——2013 年的Tortochot（多尔修）村庄酒，并且吃到了一个红酒炖梨，直至今日犬依然时不时地叨念着它。

比如餐馆，我实在不知道哪种经营方式比较好。是有既定的用餐时间，只在营业期间卖食物，还是 24 小时都营业呢？说起便利性的话，当然是后者比较好。然而若不探讨哪种经营方式会做出更美味、更好的食物，我倒是好奇，营业时间是如何影响文化和人性的呢？如果自己每天就只能在固定时间吃午餐、晚餐，我会成为一个更精实的人吗？另一方面，如果餐厅每天都只在固定时间开放，那整个社会可以变成一个有着更高产值的社会吗？也许这些餐饮业者也可以有自己的生活，并且在其他时间里去干点儿别的事。

我活得很自由随兴，但是我承认自己对生活缺乏控制力。我没什么严格的规划，因为在生命中我还没找到什么令自己最钟情的事。如果达尔文的祖父没有恰巧研究自然选择理论，如果他的父亲并不认为达尔文一事无成，他不想迫切地证明自己，那我真不知道事情将会如何演变。同样，如果鸡爸步上我爷爷的后尘，接手家族西装裁缝的事业，也许我会成长在严格的规范和教育环境中，最后成为一个工匠、职人。我很高兴我爸并没有，他只是喜欢穿好看的西装而已，我也一样。

Guardians of the Chickens
鸡族护卫队

About a month before, Chicken picked up a used copy of Bertrand Russell's Western Philosophy in Vancouver and dutifully carried it around France. I didn't get to read much and I'm still only into the first 100 pages, but it is interesting reading about the philosophers' social experiments in the Greek city states. Coincidentally, I'm also at the point of the big history course that I listen to every time I'm exercising about the beginnings of civilization and power. They discuss essentially the same subject, one about conditions creating power in a leader or elite class, and the other about an enlightened leader or class becoming philosophers and thus guardians of civilization.

Dijon was different from all the other places that I visited as it seemed as if a social experiment took place there when the aristocracy of Burgundy congregated to build their magnificent palaces. It makes many other regions seem plebeian.

It does seem as if society is inherently unequal that some always rise and others sink, although this is relative. I wonder what kind of social experiment I would try if I had the chance. Maybe I would want to populate a planet with a million clones of myself and see what happens.

In the instance of the beginning, everyone would be equal. Each of the million would be myself at 20 years old, with the same heredity and experience(Let's not go into sexuality or procreation, maybe by creating in addition 1 million clones of Dog at 20 years old, but this will overly complicate things). At 20, as I am now, I think I was both individualistic and conforming.

How would a million of me start organizing into a civilization. Would it be a democracy of a million people who would starve to death almost immediately because no one took to work or a million islands foraging each on its own. Would equality start breaking down immediately and society segregate into leaders, enforcers and workers ?

From all these same and identical people, what would set one, two or a number of them apart to create the beginnings of this inequality. Would one begin starting life next to the most luscious fruit tree and claim it for himself, would another start with nothing in the barren desert that he would need to negotiate with others around him with others' things, and would another be injured early on that a large scar be marked on his face, distinguishing him from all others. Maybe a few of them would get together and maybe they would even each look different from the others. The new guardians of the galaxy, or at least guardians of the Chickens.

I'm sure it would be just like wine. Plant the same 20 year old vine, of say pinot noir, all over the world. Many would die off rather quickly while others will thrive. I wonder if the best would still be from France or if great wines might come from the most unexpected of places. Maybe my general preferences and eccentricities would come into play in this imaginary world and vinegar might be more valued than wine.

大概一个月前，鸡在温哥华"挖"到了一本罗素的《西方哲学史》，觉得该对它负责，所以扛着这本大部头的书环游法国。我的阅读没有特别的进度，依然停留在大概前一百页的地方，然而目前读到哲学家在希腊城邦里做的社会实验相当耐人寻味（比如柏拉图或亚里士多德，被君王委托制定运营国家的方针，所以他们就先在城市里做小规模的民主或寡头的政治实验）。巧合的是，自己最近在健身时收听的《人类大历史》的课程，也刚好进展到了文明与政权的起源，两者都讨论到同一个主轴，人类历史正谈到塑造领导家与精英阶层的条件，而哲学史谈及的则是一位有智识的哲学家。

第戎貌似与我们造访的其他地方不同，它仿佛就是个社会实验场，勃艮第的贵族们在此建构了壮丽无比的宫殿，让其他地区相形见绌。

整个人类群体的本质也许是不平等，有些本身是上流，在向上层爬，

而其他则只能向下沉沦，尽管高和低不过是相对的概念。我好奇如果自己有机会的话，会想尝试哪种社会实验呢？也许我会把整颗星球填满一百万个鸡型克隆人，看看会怎样。

在最初始的情况下，当然人人平等。一百万只"鸡"中，每只都是 20 岁的同一个我，携带着如出一辙的遗传和经历。好了，那么人人都是 20 岁，"我"这个诉说的主体也是 20 岁，这个"我"将同时具

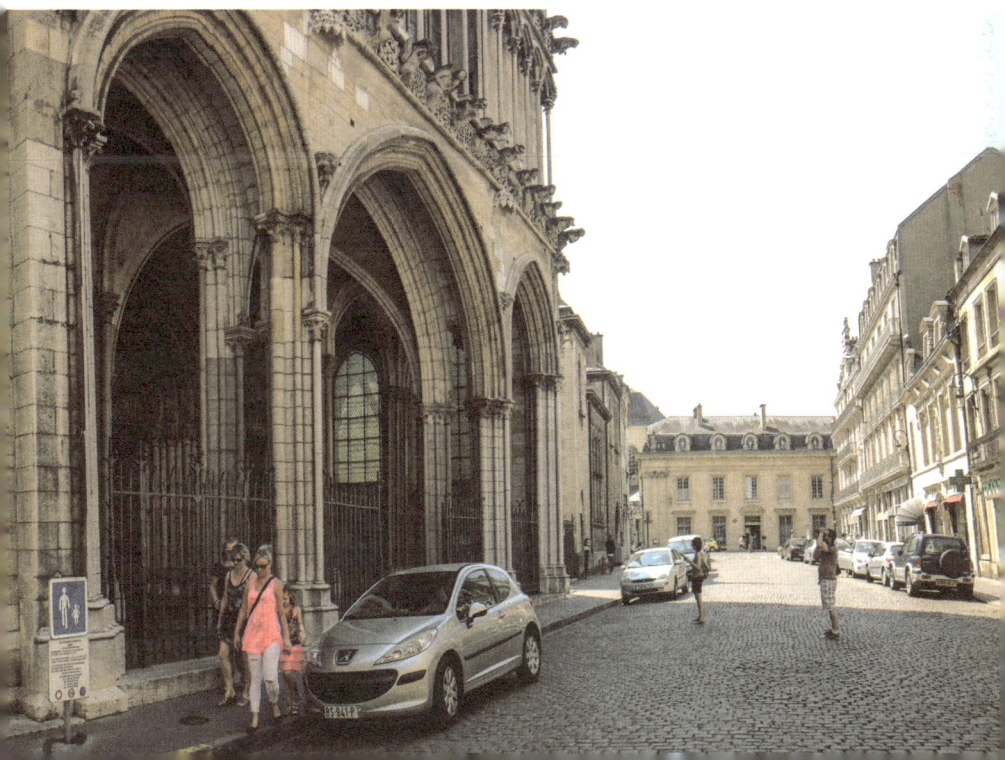

备个体性与普遍性。

　　一百万个我将如何开始建构一个文明？它将会是一种百万人的民主吗？但我想，那恐怕很快就会因为没人想工作（如同现在的我一样）而致使所有人全都饿死，不然就是每个人各寻各的出路，各觅各的食。在这种情况下，所谓的平等性会马上开始瓦解，而社会很快分崩离析成领袖、执法者与工人吧？

　　从这群完全相同的"鸡"之中，什么会令一两个或数个人从云云众"鸡"中区分出来，并且演化出不平等性呢？会不会有一只鸡，刚巧出生在一棵果实累累且最甜美的果树旁边，于是他开始声称这棵果树是自己所独有的？会不会有另外一只鸡，他刚好住在一片寸草不生的沙漠，于是衍生出跟周遭的人、事、物谈判协调的圆滑性格？那会不会有另一只鸡于一场稍早的意外中在脸上留下了一个大疤，使他成为一个"疤面煞星"，所以看起来与众不同了？也许这些特殊分子就此聚集起来，他们外貌和行迹各异，从此成为一支银河护卫队，或至少是鸡族护卫队！

　　我相信这就像是葡萄酒。如果我们把一堆同样年龄20岁的葡萄藤——假设选黑皮诺好了——种满全世界。可能有些很快就死光了，但也有些茁壮成长。那我就好奇了，最好的酒还会产自法国吗？说不定它会来自人们最意想不到的角落。而且，可能会迎合我的特殊偏好，也会在这个幻想世界中插一脚，到时候，也许醋会比酒还值钱呢！

$$\pi R^2$$

CHEERS TO VINEGAR

新减法生活运动

　　没想到随兴所至、没头没脑的鸡和犬，最后居然开着这台"麻雀"小车，顺利在法国整整绕了一大圈（而没拆伙）！虽然并没有特意规划，不过鸡、犬却很巧合地，几乎途经了几个主要的葡萄酒产地，"醉鸡醉犬"也因此对法国酒增进了不少新知识，萌生了真爱。

　　再讲回来，之前比较常喝的新世界葡萄酒和法国酒，这两者的差异就有点儿类似华尔街之狼与孔孟思想。华尔街之狼的背景是美国20世纪80年代股市刚刚起飞，人人可能一夜发迹，也可能一夜破产，人总是血脉贲张地想要证明自己，抓住别人注视的眼光，那个世界是由一种接近原欲的激情而推动的。反观孔孟思想，那么恒定而陈腐，认为君是君，臣是臣，父是父，子是子，世道和万物运行就像是天体的循环和宇宙的规则，不会也不应该改变。

　　过去的自己当然是属于年轻躁动的那一端，在乎的是革命，让想象力掌权！认为世上没有什么事是无法经由努力而克服的。然而自己年纪渐长，开始逐渐领会了"莫春者，春服既成。冠者五六人，童子六七人，浴乎沂，风乎舞雩，咏而归"。在晚春时候，从河里沐浴出来，就歇在祈雨台上，等待拂面而来的风把自己的身体吹干。就这样静静地看着万物生长，然后天暗了，与孩子们唱着歌一齐走路回家。那种柔软的心灵，依照时序和顺应天理的从容和美，多么恬然与自得。

还记得三十岁生日时，犬仍在北京，当晚为自己大张旗鼓地办了场盛大的派对，高调名为"红宴"，令宾客都要着红装出席，犬更是套上一件最刺人眼的红洋装。现在想起来，外表的风风火火似乎也透露了对于年已奔三的焦虑与北漂在外的彷徨不安。当天晚上大家玩得正尽兴，趁着气氛热烈，同事们偷偷安排好了一个惊喜，他们与犬在台湾的家连上了视频，将画面毫无预警地投上大荧幕。犬见到家人的脸孔，他们温柔地微笑说"生日快乐"，心中一时间五味交杂，孤身在异乡的心酸与想念家人的慰藉如此强烈，使得强装出来的外表的平静瞬间崩溃，当场飙泪。在那之后的一年，犬辞了工作，离开了北京，和鸡一起踏上了旅程。我们两人决定和自己过去的人生告别，踏上旅途，直到把钱花光为止。同时我们也相约，在抽象的声名、成就和具体的生活物件上，都不再累积、积攒，因为他们是身心的行李，只会增加移动的负担，我们不知道下一步去哪里，也不想被下一步给限制了。在旅途中，假睫毛没法接，妆也没时间讲究，香水忘了喷，高跟鞋也懒得穿，包包越轻越好，行李越减越少，最后只携带必需再必需的少许用品，套上几件 T 恤和一条牛仔裤就启程。在那之后的两年后的生日时，生活已像是经过了减法，变得云淡风轻。在法国的夜晚，没有众人环绕，没有浓妆艳抹，没有昭告天下，也没有"迟了就来不及了"的倒数恐慌。心情和日子都仿佛其他的每天，无比平常甚至无聊，恐怕连人的外表看起来也是蓬头垢面，一点儿也不漂亮、体面，像是要过生日的样子。就是这么到了极度的欠缺情绪激动的戏剧性，如果人生是出剧本，那么本段一定会直接被每个电影制作人拒斥，因为实在太乏味了！

这让我想起一个短片，介绍有关日本最近兴起的极简生活哲学，受访问的那位先生只有三件衬衫、四条裤子、四双袜子，整间公寓里的物品只有 150 件！这些人不只是身无长物、家徒四壁，更甚者，连移动的轨迹也尽量简化，制造出最少量的声音。影片说这并非新事物，极简的内涵在日本的禅、茶道、花道里都有体现。现在我觉得鸡在衣着这方面大概也算是极简流的一员，打开他的衣柜，只有三件白衬衫和两条牛仔裤。（不过在买外套和包包方面，鸡的表现则仿若失心疯。）

话说回来，鸡、犬当然并非主张人不该有追求，然而无论是心满意足地无聊到底，还是强迫症般的狂喜狂悲，犬现在领会到，那都是每个阶段不同的幸福。生命里不是只有笑的时候，有时候吵架，有时候掉泪，有惊涛骇浪的癫狂，也有恬淡寡欲的自适，就像有太阳也要有风和雨才可以交织出最佳年份。生活也有五味，就如同葡萄酒里的酸、甜、涩都需要平衡，才是成就佳酿的条件。

从一开始只是为了向家人道平安，鸡、犬开始胡乱地涂涂写写，将途中的逸事和趣闻记下，博众人一笑也作为个人回忆。由于某种不可知的原因，鸡、犬两人小时候都曾有过写作的心愿，但是对于鸡，他可能是因为太懒了（据他本人表示），而犬则是在稍加世故之后，就判定作家梦不切实际，打工领薪的生活比较可行，所以两人都早已将儿时的心愿给抛诸脑后了。然而就在我们跳脱靠谱儿人生，尽往离谱儿里做的时候，却发觉这件事越做越有滋味，于是零零星星、陆陆续续地居然完成了一本书，无法描述此刻犬心中的"惊吓感"，它恐怕比成就感还要强烈，简直就是一桩天外奇迹啊！但它其实也正恰恰说明了，不要害怕去接受、顺应自己的本心，就像每块土地上长出来的葡萄都有其独特的风味，为了世界上只有一个的自己而努力，用一种最单纯的心意，只为了呈现出最完整、最真诚的本质而相信并坚持，这才是最伟大且最珍稀的工作。并且也许有一天，这份工作也会像是酿出了一瓶好酒一样，送你一份超出预期、很值得的回报。

　　这是法国行教会我的事：做自己。明年的生日，鸡、犬又该去哪里呢？

　　今天又是一个鸡、犬的旅行日。

　　现在我们在台湾租下了一间小公寓，作为鸡、犬在家乡的落脚处。这间公寓年事颇高，至少已有三四十年的历史，将近八十岁的房东说，这是他和哥哥们一起建造的，过去就是他们一家人的住所。台北有许多这样的老房子，虽然它们外观上古意盎然——比如奇特的狭长格局，没有电梯的昏暗楼梯间，地砖、墙砖维持着上个世纪的二丁挂风格，并且位于一个最传统的老台北街区正中央，然而这也是它们的魅力。现在再想，对于老房子的偏爱可能与我们品味的改变有关，鸡、犬这几年迷上了二手物品和旧物，发现它们的性价比有些比新物还高，不单单是着迷于挖宝的喜悦，更重要的则是发现这些老物更独特而有温度、和现代工业化大量制造的整齐划一的冰冷感截然不同的东西。关于如何用"有限预算买到真的值了的二手物"，鸡、犬的心得真能另开专区、大书特书，不过这下继续说回老房子。虽然因为房东十分尽心地维护宅子，水、电、冷气等硬件设备都完善且与时俱进，然而它也有让人头痛的地方，老房避不了岁月的尘埃，角落、缝隙中经年累月藏污纳垢，时间一久都变成了黏稠的污渍，刚搬进来的时候鸡、犬也花费了不少体力刷洗、整顿，不过现在总算宜居了。

我们这次离开这里，又是几个月后才会返回，所以有不少行前准备，把电源拔掉，覆盖家具，安置植物，将各项杯、盘、干货都安放到橱柜里，避免灰尘。忙了大半日总算顺利地送老房进入休眠状态。边收拾当然也就顺手大扫除，我可不想要回来时，一打开门当场目击去日苦多的脏今今的家成了老鼠或蟑螂的极乐台北！正当犬洗碗并清洁厨房的时候，苦中作乐的她跟正在拖地的鸡说："至少，一直旅行的好处是家里常常打扫卫生！"

犬从一开始讨厌旅行的麻烦：费劲儿打包，舟车劳顿地跋涉……一直到现在，感谢旅行教我成为一个更好的人。它让我理解到，其实人在这个世界上，只占据了这么渺小的位置。它也让我重新审视生命里的优先顺序，并借此简化自己的需求和欲望，同时让身心中真正绝对不能够失去、不能够没有的那些东西，用删除法的方式浮现出来。

好吧，说"旅行让我变成一个更好的人"应该是有点儿过于夸大了。更准确的说法应该是，时而跳脱习惯和日常，让人得以接近自己更有智慧的那个版本。当人在某一处"固"得太久了，会开始很容易把其实不那么重要的眼前事放得越来越大，越来越只聚焦在某一个点，最后目光就会像是斗鸡眼儿一样有点儿滑稽、病态了。像是过去的犬，觉得和客户交际绝顶重要，所以一有空当儿总排满应酬，反而对至亲疏远乃至不耐烦，因为认为他们总在，感情也总在。犬当时并没有看见自己的问题，因为我的视线只盯着要达到的业绩和成就，直到转变了状态，犬才醒悟到过去的固执，已将生命推向危机。灵魂在我们的心里也像是住在一个居所，这个居所就像是老房子，住久了，虽然貌似干净，但总会有一些阴暗面和灰尘堆积的角落藏在你从来不曾着眼的小处里，秽物就在那边安顿、凝结了下来，变成难以洗刷的如同原油一样的污渍，最后偏执、偏见、僵化和各种恶就从那里滋生了。当然好吃懒做的犬无法像伟大的哲人一样，能够"吾日三省吾身"，做人也不是小和尚日日敲钟，晨昏定省，洒扫庭院，所以心的寓所也时常就这样逐渐脏了、乱了，一个不察，就已深陷垃圾堆里而不自觉。

因为身体上的旅行，鸡、犬看到了不同地区的人、事、物。来到了法国，体会到他们对于传统的服膺、现下与过往时间的连续感；到了日本，体察到他们的细致入微和拘谨、肃穆；来到西班牙，感受到他们对生命和生活的乐天自在……这些间接地促使自己时常换换位，也换换脑袋。无论做什么，总要留一点儿时间和空间给自己整顿，把初心擦拭一下，把累积太久不用的东西和负担都丢掉吧，我们不需要赘物，只要带上信心和亲友的爱，轻装简行吧！

一只鸡的生活意见

France Overall & Taiwan
法国与台湾

A Hundred Dollars a Day
日预算一百美元

Chicken and Dog have been traveling almost as if it was a profession for a few years now. Neither of us are good with budgets or keeping track of spending, but at the beginning we had a lofty goal of trying to live on US$100 a day, excluding airfare, so that our budget for a year would be about US$50,000. It's more of a goal than a rule, but we've come close to this figure in some surprising and not-so-surprising places.

It would prove difficult during our month in New York as our apartment was already about US$80 a night, which was a bargain when it was on the Upper East 80's and just a few blocks from Central Park. There are many affordable food and wine options, but even those US$1 oysters and $3 glasses of wine add up very quickly.

Korea is hard and easy; if we stay in mother Chicken's countryside place, all we have to do is get some groceries from the local market. But even there, the ever-expanding wine section there has been tempting us to spend more. If staying in Seoul itself, we meet friends so budget is busted every night. In Los Angeles, I can stay with my sister, but we would have to pay for a car and with a car, we get tempted to go places. One memorable budget buster was coming back from a week of Grand Canyon camping and then walking into one of the most popular and highly rated steakhouses without reservations. Still wearing our week worn hiking clothes and muddy boots, we would get one of the best tables in the house. We had a Gaja wine that Gaia Gaja had introduced to me a while back in Shanghai. We did get about US$200 back from the $5 slot machine that Chicken had Dog try just for fun — we budgeted a little bit for this fun, but she got it on her third pull. We stopped after that good fortune.

Not-so-surprising places tend to be in South-east Asia, like our trips to islands like Bali, Java and Bohol. In Bali, both in touristy places like Ubud and remote places like at the foot of Mount Agung, it's easy to find very livable places for US$30 a night and feast on local food for just a few dollars. It doesn't become a stretch to indulge in that US$10 massage. It was the same on the beaches, riversides and inner Chocolate Mountain areas of Bohol. The only problem is finding a decent wine at an even more decent price. I guess we could stick to beer, if we had to. In Java, just finding wine proved difficult.

France, and generally Europe, were the big surprises. Many of our accommodations as we started our drive around the wine regions of France were booked through online hotel and home share sites and we were surprised at what we got for US$50 to 75 a night, our sweet spot. Our first few nights for that trip was a top floor one bedroom in the middle of Bordeaux city with a terrace where you could see the sun set below the rooftops of beautiful old houses. This was US$170 for 3 nights, including fees and parking. And our rental car, albeit the tiny Smart manual, was only 339.06 Euros with full rental car company insurance.

Here's our round-up for the other places in France: Two nights in a small vacation home in Soulac for US$153, a small hotel overlooking the historic city of Rocamadour for 50 Euros, centrally located Hotel de Paris in Sete was US$92, a small hotel in Avignon ran 58 Euros, the charming inn in Vienne was 70 Euros, Beaune proved a little more expensive at US$100 for a very comfortable old hotel, City Loft in Dijon was US$79 and our spacious Reims apartment just at the edge of the center of town was US$150 for 2 nights, including a bottle of wine.

Fine dining in France can be costly, like anywhere else, but if we just go to local markets to pick up some locally grown or made vegetables, bread, cheese, terrine and wine, we could sometimes make our budget of a hundred dollars. Or the time we spent in a country inn on our way back north of France, lunch was at a restaurant the middle of a farming area where the patrons were all farm hands. We were served as much wine as we wanted along with family style servings of roast chicken and potatoes and a selection of about a dozen cheeses and several desserts. All for about US$15 a person. And these places abound and it's just a matter of discovering them.

I used to spend a lot more on my trips, looking for what others considered to be the best resorts and restaurants and ordering fancy ingredients and even more fancy wines. There's nothing wrong with that, especially if you have less time. But, I find that this hundred dollar a day gives me a closer connection to the places that we visit and how people actually live. I'm fortunate to have found this new way of traveling.

鸡和犬已经这样持续地旅行了几年，几乎感觉这件事就是我们的正业了，虽然两人对于控制开销和记账都不太在行，但我们起初还是有个梦想的每日预算的，那就是试着一日花一百美元（不包括机票），也就是说，一年的花费大概是五万美元。与其说这是个严格的规则，不如说更像努力的目标，然而鸡、犬却在一些出人意料的地方，接近了我们的预期。

　　实验证明，这在纽约是很难实践的，毕竟我们那个月从 A 网承租了公寓，平均每个晚上就要烧掉八十美元，而且这已经是在上东区的梦幻逸品，距离中央公园只有数个小街口之遥。虽然纽约有不少平价的食物和葡萄酒可供选择，然而那些一美元的生蚝和三美元的白葡萄酒也能出乎意料地快速"吃掉"我们的预算。

　　在韩国生活，则有难有易，如果我们住在我妈的市郊公寓，我们只需从当地超市里买点儿杂货、粮食，不过那里持续扩大的葡萄酒专区，总是一再引诱我们花更多钱。然而如果待在首尔呢，那我们一定是为了与朋友碰面，晚上荷包大出血也是不能避免的。在洛杉矶的话，我可以借住在妹妹家，但是我们必须租车，而一旦有了车，鸡、犬就会忍不住向外到处乱跑。印象深刻的一次预算破表是我们刚结束一周的大峡谷登山露营，刚从野外回到人类文明社会的鸡、犬，等不及冲进了一家昂贵的牛排馆大吃了一顿，当时我们依然穿着登山服和沾满泥巴的登山靴。在没有订位的情况下，居然在拥挤的餐厅里面得到了一个最好的位置。那晚我们喝了 Gaja（嘉雅）葡萄酒，回到我还在上海的那个年代，酒庄家族的女儿佳雅·嘉雅曾经亲自向我介绍过这款酒呢。不过吃完饭后，我们出于好玩儿的天性，花了五美元玩了一次吃角子老虎机，玩儿到第三把，居然就拉到 777 三星连珠，赢得了两百美元！我们马上见好就收，这笔意外之财拯救了我们当晚吃牛排的花费。

　　东南亚则是不难想到的不贵的旅行目的地，例如巴厘岛、爪哇岛

和薄荷岛。在巴厘岛，即便是热门的观光城市乌布，或是遥远、偏僻的阿贡山脚下的小村，都很轻易地能够找到价格在三十美元左右又宜居的住处，就算是大吃一顿当地餐食，也要不了多少钱，更别提花十美元舒舒服服做个按摩了。至于薄荷岛上的海滩、河岸或内陆的巧克力山也一样。唯一的问题是找到还过得去，价格也合理的葡萄酒需要费点儿周章。如果没办法的话也只好用啤酒解渴，像在爪哇岛的时候，喝杯葡萄酒就非常困难。

　　法国和欧洲整体的花费则大大出乎我们的意料。在开始葡萄产区的自驾行后，我们通过网络和A网订了好几晚的住处，让人吃惊的是大概平均一晚只在 50 ～ 75 美元，是鸡、犬的"甜蜜区间"。旅途的前几晚，我们住在一间位于波尔多市市中心的阁楼，从阳台向外望，能够一览落日普照在老房的屋顶的美丽景色。这样住了三晚共花了170美元，其中已包括了杂费和停车费！尽管我们的租车是手动挡的小Smart，但整个旅程只花费了339.06欧元，还包含了意外全险。

下边列出我们法国行其余的花费：滨海苏拉克的度假小屋两晚，共153美元；罗卡马杜尔眺望历史城镇的小旅馆，50欧元；塞特港区中心的"巴黎酒店"，92美元；阿维尼翁的小房间，58欧元；维埃纳的"好可爱"民宿，70欧元；博讷贵一些，100美元，那是一间古意盎然的木造旅馆；第戎舒适的阁楼酒店，79美元；而宽敞舒适的兰斯住宅，位于闹市边缘，两晚共花了150美元，还包括一瓶赠送的葡萄酒！

在法国的高级餐厅用餐当然会令荷包大大缩水，但如果只去当地菜市场挑一些当地产的鲜美蔬果、面包、奶酪、抹酱肉膏和酒。或者如在法国的某日，当我们离开乡间旅馆，继续北上时，在一间田中央的餐厅吃午餐，旁边的客人都是周边地区的农夫，我们还真的不难达成一日一百美元的任务。无限量向客人供应葡萄酒，主餐是乡村家庭式烤鸡和烤马铃薯，还有大概十几种不同种类的奶酪盘和甜点，这样的一顿饭，每个人只要花十五美元。这类餐厅到处都是，只在于你能不能发现它们。

我以前在旅行上花的钱很多，总是要特意去寻那些别人口中最好的度假村、餐厅，专拣些珍馐来吃，挑些花哨的酒来品。那样当然也没错，特别是你没有太多时间的时候，反正就花点儿钱省事。然而当我发现一百美元过一天这样的计划反而让我与旅行的地方和当地人过日子的方式更贴近时，我庆幸自己与犬找到了这种旅行的新方式！

To Be No.1
叫我第一名

Chicken and Dog are back in Taipei after a few weeks in Korea so we've been having regular sessions with Taiwan Snake to continue expanding our repertoire of Burgundy wines. A few days ago, we wanted to open a highly rated Chambolle-Musigny, but when I noticed and commented that it was serial numbered 00008, he immediately and delightedly decided to save it.

He ordered another bottle of the same which would not arrive for a few days and, on delivery day, asked the shop to open it about an hour before we arrived so that it would have ample time to breathe. Snake's eyes almost popped out when he examined the opened bottle. It was numbered 00001.

What is it about being number 1 that is so special? To be ranked number 1 in the world as an authority on black holes or as the best golfer in the world means something different from a bottle of wine that just so happened to be bottled first for that particular year, at that particular domaine, for that particular wine. It was probably not even bottled first — just labeled first. Or maybe it was bottled first. Does number 00001 taste better than number 00008 or for that matter number 01657 ? Might number 00001 be one of the worst as it may have sat around in less than ideal conditions as its siblings were being labeled or it was the portion at the bottom surrounded by residual yeast ? At least it's not like distilled spirit as I wouldn't want to go blind drinking from the first batch.

I don't know if it was Trump who started it, but I believe he wanted the Trump Tower to be 68 stories high so he just skipped a few numbers, like ten, for the 58 story building. It's been taking place in Hong Kong as well, where one outrageously priced penthouse claimed to be on floor 38 in a building that doesn't rise anywhere higher than maybe 20.

What would happen if wines did the same. I guess you can't have more than one number 1s or can you? An asterisk so that 100 bottles are marked 1 for being bottled, or labeled, on the first day ? Skip a bunch of numbers so that you don't have deal with those pesky 4s and produce more with lucky 7s and 8s ?

Going back to No. 1 being the best of the best. Should someone try to become the best at something or try to make the best wine. I think there is a role in the world for people like that and I've become appreciative of them as they do make the world a better place. As for me, I'm more selfish in philosophy in that I don't want to be the best in the world.

I sometime tell people that my father named me "Cha Seuk" as it was a homonym for salutatorian because he wanted me to come second place in everything I do rather than become No. 1 in one discipline. He never actually said that. It is my own interpretation of my name and one which I've also given to another, "Silver". Silver was intended for this meaning. No. 2 in everything can enjoy a balanced, rich life while striving for No. 1 will result in forsaking many things that are important in life. Also, why be No. 1, when it's better to just surround yourself with No. 1s.

鸡和犬在韩国待了几周后回到台湾，我们在台湾已经有了与蛇的固定聚会，继续上演探索勃艮第优秀葡萄酒之戏码。几天前我们想开一瓶评价很高的香波－蜜思妮（犬注：蛇最爱的勃艮第酒村，葡萄酒的风格细腻浪漫，和蛇的性情相近），然而我很快就注意一件事，大叫道："这瓶的编号是珍贵的00008！"于是蛇马上十分愉悦地决定要把这瓶酒保留下来。

既然编号"发"留下不喝了,他就向店家另点了同一款,这批是新到的货,前几天还在运送的途中。我们一行人在抵达之前,就已经请店家先开瓶醒酒,然而等到蛇目睹这瓶子的标签时,眼睛都快爆出来了,因为这是编号天字第一号的00001!

第一到底有什么特别的呢?被天文专家列为黑洞第一号或世上第一名的高尔夫球手,与编号第一瓶葡萄酒的意义可不一样。那瓶酒只是恰好被标示为特定酒庄在特定年份的特定酒款的第一瓶罢了。它搞不好也不是第一个被装瓶的,只是刚好分到了第一张标签。不过它也可能真的是第一瓶,但是第00001瓶喝起来真的比第00008瓶好吗?那第09527比起来又会比较差劲儿吗?会不会第一瓶可能其实是最差劲儿的,因为它被晾在一旁,等待所有的兄弟姐妹都被装瓶完毕,结果等候区的环境并不理想?更说不定它其实是位于最底下的酒,所以里面充斥着一大堆沉淀的死酵母残渣?好吧,至少它不会像劣质蒸馏酒一样次,因为我可不想喝到第一批假酒,结果就率先瞎了。

我不晓得是川普还是谁开始的这股歪风,但我相信川普本人应该真的非常期待自己的川普大厦有68层,所以他干脆跳过了几个数字的楼层,比如"10",其实那栋楼只有58层。在香港也发生过类似的事情,一栋住宅将自己宣称的"第38楼"标售天价,然而那栋房子实际的总层数并不比20层多到哪里去。

如果把葡萄酒的标签也这样恶搞又会怎样?我想应该不会同时有

一大堆瓶子，上面都标着天字第一号吧？还是其实也没差？也许我可以把装瓶首日的一百瓶全都打上00001，只要上面打颗星号备注说明，这样应该也没事吧？不然就是直接跳过一大堆数字，这样就不用跟那些讨厌的"4"费劲儿，同时还能生产成群结队的幸运"7"跟"8"（发）？

说回 No.1 是强中的强中手，最好中的最好，人们真的该对成为某方面的龙头或制造出顶级的酒，抱持这么高的执念吗？我想这世界上的确是有一个那样的位置给那样的人，并衷心感激这些坚强的高人，因为他们的努力的确让世界变得更美好。至于我啊，出于自私的哲学，我可不想成为世界上任何的第一名。

有时候我告诉别人，我爸将我命名为"Seuk"，这是韩语里"第二"的谐音，因为与其把所有精力都花费在做同样一件事情，最终得到冠军上，爸爸宁可我把经手过、尝试过的所有事都做到"次好"就好。虽然他从来没有明确地这样表示，但这是我对自己名字的解读。只专注于追求第一，那要因此放弃生命中许多重要的事情，成为凡事的亚军，则能享受更好的平衡与丰满的生活。

Ps：如果周边都是得冠军的精英，有他们的帮助，自己何须成第一？

特别鸣谢

首先要感谢庄月珠、庄月霞女士，没有她们就没有鸡狗乖图书馆的诞生。

同时也要感谢我们的策划编辑山杉和刘柳，他们为这本书的呈现付出了很多心血，做出了很大贡献。

还有封面设计祎妹老师、版式设计徐倩老师，感谢她们为这本书的装帧提供的创意。

特别感谢新华先锋对这本书的支持。

最后，感谢读了"小清新"的你，有了你们的支持，才有了鸡狗乖的顽强生命力，让我们保持着持久的创作激情。

愿你们在以后的日子里永远过着小清新的生活，我们下个故事再见！